岩 波 文 庫

37–790–1

# 死 と 乙 女

アリエル・ドルフマン作
飯島みどり訳



岩 波 書 店

LA MUERTE Y LA DONCELLA
by Ariel Dorfman



First published 1992 by Ediciones de la Flor S.R.L., Buenos Aires.

This Japanese edition published 2023
by Iwanami Shoten, Publishers, Tokyo
by arrangement with The Wylie Agency (UK) Ltd., London

# 目次

# 死と乙女

ハロルド・ピンターとマリア・エレナ・ドゥバウチェレのための作品

# 登場人物

**パウリナ・サラス**　四十歳前後の女性
**ヘラルド・エスコバル**　四十歳過ぎの弁護士
**ロベルト・ミランダ**　五十歳前後の医師

とき　現在(一九九〇年代初頭)
ところ　おそらくはチリであるところの国、ただし独裁体制を脱したばかりのどんな国にも当てはまっておかしくはない。

# 第一幕

## 第一場

海の音。

夜。

エスコバル夫妻の海辺の家、居間《リビング》兼食堂に夕食用の食器什器類が二そろい。あたりには少なくとも椅子三脚、録音可能なカセットテープ再生機一台、ランプ一台。外回りには海に臨むテラスを備え、数枚の大窓を挟み居間に接続。テラスから寝室に通ずる一枚の扉あり。テラスには目下パウリナ・サラスが座し、あたかも月光を一心にきこしめしつつあるとでも言わんばかり。遠くから乗用車の音が聞こえる。彼女は立ち上がり、居間に回ると窓から外を見やり、後ずさり、何かを探す、そして家に近づく車のヘッドライトが部屋を照らし出すと彼女が手にしているのは一丁のリボルバーであることが看て取れる。車はブレーキを踏むがエンジンはかけたまま、光が彼女の上に落ちる。車のドアが開き、それから閉まる音。

**ヘラルドの声** （オフ）そんな、寄っていかないなんて本気ですか？　ほんの一杯だけでも……。だったらこっちにいる間に寄りませんか……月曜には戻らなきゃならないんで……。日曜はどうです？　……女房のこしらえるピスコサワーは鳥肌ものなんでね……。いや、ともかく感謝してもしきれないほどで……。では日曜にまた。（笑）

（パウリナはリボルバーを隠す。カーテンの陰に隠れる。車は発車し、舞台を照らすのは月の光のみ。ヘラルド、家に入る）

**ヘラルド** パウリナ？　どこだいお嬢ちゃん？　真っ暗じゃないか……。（隠れているパウリナに気づく。ランプを灯す）おい何だってまたそんなところに、いい子のパウリネタ、うちの優しい子猫《ガティタ》ちゃん？　こんなに遅くなっちゃってごめんよ……実は……。

**パウリナ**　（動転しているさまを気取られないよう努めつつ）誰だったの？

**ヘラルド**　何があったかっていうとさ……。

**パウリナ**　誰に送ってきてもらったの？

**ヘラルド**　……それがさ……いや、心配しなくていいんだ、事故に遭ったわけじゃない、何があったかというと……タイヤがパンクしちまったのさ——だけど運よく停まってくれた奴がいてさ。それにしてもコイツ、陰気すぎるな。（別のランプを灯す。食卓の支度に気づく）悪かったなあ。冷めちゃっただろ？　夕食が——

**パウリナ**　（落ち着き払い、舞台の端まで歩きながら）温めれば済むことよ。二人してお祝いすることがあるんだったらね、違うの？　（間）ヘラルド、あなたには何かお祝いすることがあるんでしょ？

**ヘラルド**　それは君によりけりさ。（長い間。自分のポケットから太々とした釘を取り出す）これ何だと思う？　コイツがタイヤをパンクさせてくれた張本人のふてぶてしい釘野郎だよ。さあて次に、パンクっていう目に遭ったら人はどうするかな……？　タイヤ交換だ。交換するのさ、ただしスペアがあっての話だ、そうだろ？　スペアをパンクしたままにしといたらマズイと奥方が思い出してくれていればの話だ、そうだろ？

**パウリナ**　奥方とは。いつも奥方ね。パンク直しはあなたの役目でしょ。

**ヘラルド**　勘弁してくれよ奥さん、だって話し合って決めてたはず——

**パウリナ**　あなたの役目ってね。うちの中のことは私が引き受けるんだから、たまにはあなただって——

**ヘラルド**　君はメイドを雇いたくないって言う、そのくせ後になって——

**パウリナ**　——車のことくらい面倒見られるはずよ。

**ヘラルド**　——後から文句を言う……。

**パウリナ**　文句なんか一度だって言わないのに。

**ヘラルド**　こんな議論は馬鹿げてる。何だって僕らが口論しなきゃいけないんだ？　何が火元だったかもう忘れたよ……。

**パウリナ**　私たち口論なんかしてないわ、旦那さま。あなたのタイヤをつぎ当てしてなかった、そう言ってあなたが私を責めただけじゃないの。

**ヘラルド**　僕のタイヤだって？

**パウリナ**　……それでこっちは思いっきりやさしく言ってあげたでしょ――

**ヘラルド**　ちょっと待った。まずはこの際すっかり事をはっきりさせようじゃないか。君がタイヤを、僕らのタイヤを、パンクしたまま放っておいた、それが話の一段目だ、だがね、もうひとつ、ちょっとした一件をはっきりさせておかないと。ガタだよ。

**パウリナ**　猫《ガタ》って？

**ヘラルド**　そう来たか。どのガタってか？　僕のガタをいったいどうしたんだ？スペアに加えてこれまた、なかったんだよ……。

**パウリナ**　あなたの猫《ガタ》？　あなたの猫《ガタ》ならここよ、旦那さま……。

**ヘラルド**　僕の猫って？

**パウリナ**　あなたの猫ちゃん。

（ヘラルドは顔をほころばせ、彼女を両腕に包むとキスする）

**ヘラルド**　さあ教えてくれ――車を持ち上げる道具《ガタ》のことだよ！　いったいあれをどこへやっちゃったんだい……？

**パウリナ**　うちの母に貸したの。

**ヘラルド**　（彼女から手を離しながら）君のとこのお母さん？　お義母さんに貸したって？

**パウリナ**　そう、母にね。

**ヘラルド**　で、なぜ貸したのかお尋ねしてもよろしいですかな？

**パウリナ**　どうぞ。だって母が必要としてたからよ。

**ヘラルド**　その間、僕にはもちろん、思うに僕らにとっても、不都合が……。いかんよ……。お前、そんなことしちゃダメだ。

**パウリナ**　母が南へ旅行に出ることになって正真正銘必要としてたのよ、その間あなたは別に……。

ヘラルド　その間にこっちは馬鹿を見る。

パウリナ　そんなことない。

ヘラルド　そんなことある。僕は電報を受け取る、首都へ大急ぎ走って行って大統領に会わなけりゃいけない、用件は我が人生において最重要案件となる会議ときてる、それなのに……。

パウリナ　それなのに……？

ヘラルド　それなのにふてぶてしい釘野郎が割り込んでくる、まあ釘野郎に刺されたのが行きでなくてまだ良かった……お蔭さまでその挙句、スペアのタイヤも道具《ガタ》もないまま街道に取り残されたってわけさ……。パウリナ、君の可愛いおつむが察してくれるかわからないが——

パウリナ　私の可愛いおつむにはちゃんとわかっていたわよ、あなたに手を貸してくれる誰かさんと行き合うに決まってるって。いかした娘だった？　ほかはともかく。セクシーな？

ヘラルド　さっき男だったと言ったろ。

**パウリナ**　そんな言い方はしなかったわね。
**ヘラルド**　何で君の頭にはいつも女が登場するんだ……？
**パウリナ**　さあ何でかしら？　（短い間）じゃあ、感じ良かった？　その男とやら……。
**ヘラルド**　良かったどころの騒ぎじゃないよ。全く幸いにも僕を……。
**パウリナ**　ほうらね？　いったいあなたがどう切り抜けるのか私にはわからないけど、あなたは何であろうといつでも結局はうまく行くように切り抜けてしまえる人なのよ……。母は違うわ、もし故障《パヌ》なんてことになったら間違いなく……。
**ヘラルド**　そりゃ僕だってべらぼうに嬉しいさ、お義母さんが憂いなく南を訪ね回れると考えればね、だけどその間この僕は無駄に何時間もやり過ごさなきゃならなかったんだ……。
**パウリナ**　大袈裟《おおげさ》なこと……。
**ヘラルド**　四十五分間。時計の上ではね。まるで僕なんぞ目に入らないという具合に車がどんどん通り過ぎて行ったよ。週末を過ごしに海辺へ出かけるときって人はみんな市民としての良識をすっかり失くすものなのかね……。しょうがない、風車みたいにブンブン両腕を回し始めたさ、それで何とかならないかと……停まってくれる輩なんか相変わらずひとりもなかった。この国じゃあ連帯の志などきれいに忘れ去られちまった、まあそういうことなんだろうな。運よく、さっきの御仁――ロベルト・ミランダという人さ――この人が現われたんで、彼を誘ったんだ、良かったら一杯――

**パウリナ**　あなたの声は聞こえたわ。

**ヘラルド**　日曜に、どうかな？

**パウリナ**　そうねえ。

（間）

**ヘラルド**　だって僕ら月曜には戻るだろ。僕は戻るよ。で、君も一緒に来たいなら、休暇を少々切り上げて……。

**パウリナ**　つまり任命されたってことなのね、そう？

（短い間）

**ヘラルド**　ああ。

**パウリナ**　キャリアの頂点ね。

**ヘラルド**　僕なら頂点とは呼ばないな。あれこれ考えたって結局、任命された顔ぶれのうちでは僕が最年少だもの、そうだろ？

**パウリナ**　なら司法大臣になるときが頂点というわけかしら、どう？

**ヘラルド**　それこそ僕の意思でどうにかなることじゃない。

**パウリナ**　その話をあなた、彼にしたの？

**ヘラルド**　誰にしたって？

**パウリナ**　あなたの……その善きサマリア人《びと》よ。

**ヘラルド**　サマリア……？　だって知らない相手だぜ。初めて会っただけで……。それにまだ決めてないんだ、受けるかどうか……。

**パウリナ**　とっくに決めてるわよ。

**ヘラルド**　先方には「明日お返事します」と言ってある、とんでもなく光栄なお話だと思います、ただし決める前に――

**パウリナ**　大統領にそう言ったの?

**ヘラルド**　大統領にだ。よくよく考えませんと、とね。

**パウリナ**　わからないわね、考えるって、何を。とっくに決めたでしょ、ヘラルド、自分でもとっくに決めてるのわかってるくせに、何年も何年もそのためにあなた身を粉にしてきてるでしょ、何をわざわざもって回った……。

**ヘラルド**　だってまずは相談しないと……君に「よろしい」と言ってもらわないと。

**パウリナ**　それなら言ってあげる。「よろしい。」

**ヘラルド**　今のは僕が必要としている「よろしい」と違う。

**パウリナ**　ほかに持ち合わせがないの。

**ヘラルド**　君の口からほかの「よろしい」を聞いたことがあるけどな。(短い間)受けるとしたら、君を当てにできると僕にも心づもりできなけりゃならない、君がいたたまれなくなるような場面を創り出すことは一切ないと君自身が思えるようでなければ……。何て言ったらいいか、君には酷なこともあり得るだろうから……。君にあれがぶり返そうものなら僕の身が……。

**パウリナ**　砂のお城。何もかもマヒしちゃう。また私の世話をしなくちゃならないから、でしょ？

**ヘラルド**　筋違いなこと言うなよ。（短い間）君を養生してあげたからって僕を批判するのか？　これからも君に気を配って君を大事にしようとすると批判されなくちゃいけないのか……？

**パウリナ**　大統領にもそう言ったのね、妻が面倒を抱えそうですからって……。

（間）

**ヘラルド**　大統領は知らない。誰も知らないよ。君のお母さんだって知らないだろ。

**パウリナ**　知ってる人たちもいるのよ。

**ヘラルド**　そんな連中のことを言ってるんじゃない。新政権には誰ひとり、知ってる者はいない。僕が言ってるのは君の件は公表されてないってことだ、だって君は一切……僕たちは一切告発に踏み出さなかったから……。

**パウリナ**　死んだ人たちだけなんでしょ？

**ヘラルド**　何のことだい、パウリナ。

**パウリナ**　委員会よ。死亡事例のみを管轄するんだと。

**ヘラルド**　委員会は死亡事例および死亡と推認される事例について調査する。

**パウリナ**　重大事例のみに限る。

**ヘラルド**　最も酷《むご》い部類の事例の真相を明らかにすることで光を当てられるようになるんじゃないか、他の——

**パウリナ**　重大事例のみに限る。

**ヘラルド**　言うならば……言うならば、取り返しのつかない事例を扱う。

**パウリナ**　（ゆっくりと）と・り・か・え・し・の・つ・か・な・い。

**ヘラルド**　パウリナ、僕には嬉しくないよ、この話。

**パウリナ**　私だって嬉しくないわ。

**ヘラルド**　だけど話し合わなくちゃいけないだろう？　僕は何ヵ月も……証言集め

に費す。そして帰宅するたび……君に……君も聞きたいんじゃないかと思うんだ、僕の聞いた話を君にもしてあげるよ……。それでもし、君が耐えられない、君が……。君が耐えられないなら……。（パウリナを抱く）ああわかっておくれ、この僕が君にどうしてあげたいかを。どうかわかっておくれよ、未だに僕の胸もどれほど痛むことか。

（短い間）

**パウリナ**　（ヘラルドの腕をほどかずに、容赦なく）よろしいよろしいよろしい。これがあなたの欲しい答？

**ヘラルド**　それが僕の求めている答だ。

**パウリナ**　真実が洗いざらい確立されること、私たちにはそれが必要なのよ。約束してちょうだい、かならず——

**ヘラルド**　洗いざらいすべて。洗いざらい……証拠立てられる限りの……すべて。（間）僕たちは……。

**パウリナ**　縛られてる。

**ヘラルド**　限界がある、と言った方がいいな。それでもその限界の枠内でも、できることは相当にある……。調査結果は公表する心づもりだ。公文書の形で何が起きたのかがしっかり確立される、いついつまでも、誰にも否定などできないように、僕らの国が二度とあんな……行き過ぎを味わわずに済むように――

**パウリナ**　でもその後は？（ヘラルドは答えない）犠牲者の母たち妻たち娘たちから話を聞く、あなたは犯罪の数々を告発する、それで下手人たちはどうなるのよ？

**ヘラルド**　調べのついたところを司法に、裁判所に移管する、そうしたら裁判所がその権能に即して犯罪に相当するかどうかを……。

**パウリナ**　裁判所？　司法ですって？　十七年続いた独裁の間たったひとりの命だろうと、ひとを救うために指一本動かさなかった、当の、その同じ裁判所に？あなた、せっかくの報告書をペラルタ判事に渡すっていうの？　お宅の旦那は強制失踪被害者ではなく誰かもっと若くて魅力的な女性と駆け落ちしたんですよ、だからもういい加減こちらの仕事の邪魔をしに来ないでくれってあの気の毒な女性に言い放ったあいつに？　正義の砦こと裁判所ですって？　正義が聞いて呆れるわ！

（パウリナの顔はうっすらと笑みを浮かべ始めるが、その下にはある種の躁状態が隠されている）

**ヘラルド**　パウリナ。パウリナ、もういい。パウリナ。（彼は彼女を抱きかかえる。彼女は落ち着きを取り戻してゆく）お馬鹿さんだねえ。かわいいお馬鹿さん、僕の猫ちゃん。（短い間）それにもし、故障に見舞われるのが君だったら？　君は路肩に、車はどんどん走り過ぎ、車のライトは一瞬の叫びみたいに次々照らしては去ってゆくだけ、そんな中にぽつんと、誰も君になんか構わない……。考えてみたかい、もしそんな目に君が遭っていたらどうなってたことか……。

**パウリナ**　誰か停まってくれたわよ。たぶん同じ人かも。ミランダっていった？

**ヘラルド**　大ありかも。それが務めの……みなし児たちを救い、乙女たちを匿う。

**パウリナ**　あなたみたいに？

**ヘラルド**　双子の片割れさ。

**パウリナ**　だったら感じいい人のはずよね。

**ヘラルド**　すごくいい人だよ。彼でなかったらどうなってたか……。日曜にうちに来ないかって誘ったんだよ。どうかな？

**パウリナ**　そうね。恐かったわ。車の音が聞こえたけど、あなたの車じゃない音。

**ヘラルド**　だけど危険はなかった。

**パウリナ**　なかった。（短い間）ヘラルド。大統領に受けますと返事済み、そうなのよね？　真実を、ヘラルド。それともあなた、委員会の自分の仕事を嘘から始めるつもりなの？

**ヘラルド**　君を傷つけるようなことはしたくなかったんだ。

**パウリナ**　言ったんでしょ大統領に、お受けしますって。違うの？　私に相談する前に返事したんでしょ？　（短い間）

**ヘラルド**　言った。大統領に、受けますと返事した。君に相談する前に。（暗転）

## 第二場

一時間後。舞台上は無人。先ほどよりは弱い月光。一台の車が近づきつつある音。そののちヘッドライトが居間を照らし出し、消え、車のドアが開き、閉まる。家の扉をノックする音、初めはおずおずと、その後力強く。舞台袖、エスコバル夫妻の寝室からスタンドの明かりの灯るのが見え、またすぐに消える。ヘラルドの声（オフ）が聞こえる。

**ヘラルド**　落ち着け、パウ、落ち着いて。今どき誰も来ないって……。（ノックの音さらに強く響く）理由がないよ……いいからお前、平気だって、気をつけるから、いいね？

（パジャマ姿のヘラルド登場。ランプをひとつ灯す）

**ヘラルド**　はいただいま、今行きますってば。(玄関口まで行き、扉を開ける。扉の外にはロベルト・ミランダがいる)ああ、何だ君か。

**ロベルト**　こんな不作法を許してくれ給え……。たぶんまだお祝いの続きで起きているだろうと踏んだものだから。

**ヘラルド**　どうぞ中へ。(ロベルトは家に入る)いやはやまだ慣れてないもので。

**ロベルト**　慣れていない?

**ヘラルド**　民主主義ってやつにね。夜中に家の扉をノックするのは友人であって、まさか――

(パウリナはテラスへ回り、男たちの会話に耳を澄ます。男たちからは彼女の姿が見えない)

**ロベルト**　まさか下司《げす》野郎どもではない、そうだね?

**ヘラルド**　なのに女房ときたら……どうも神経質になってまして……。そんなわけで察してもらえると……女房が顔を見せなくても勘弁してやってくれないと……。

ついでに声ももう少し落としていいですかな……。

**ロベルト**　いやこりゃ失敬、しかしお邪魔なら……。

**ヘラルド**　まあ掛けてください、さあさあ座って。

**ロベルト**　いやちょっと立ち寄っただけでね……。じゃあ一分だけお邪魔しますよ。しかし何だってこんな夜中に出しぬけに、と君だって思うだろうね……。うちへ戻りがけ、いや覚えているかな車のラジオをつけたままだったのを、君も覚えているかと思うが……。

**ヘラルド**　ともかくまあ一杯どうですか、いいでしょう？　あいにく例の、さんざ吹聴した女房のピスコサワーをお出しするわけにはゆかないんだが……。だけどいつかの出張土産に持ち返ったコニャックがあるから……。

（パウリナは身を隠したまま、話がよく聞こえるよう近寄る）

**ロベルト**　いや、ありがとう、だが遠慮しておこう……。いやその、わかった、ちょぼっと《ウン・ポコン》だけなら。話の続きだが、ラジオをつけたままだった、そうしたら……おや、と一瞬耳が止まった、突然君の名前がニュースに登場したのでね、大統領肝煎りの調査委員会のメンバーに任命された、と、ドン・ヘラルド・エスコバルと名が読み上げられた、おいおい何だか聞き覚えのある名前じゃないか、自問自答したよ、どこで聞いた？　誰だったろう、延々思いめぐらしたまま家に着いたところで誰のことか疑問が解けた、と同時に思い出したわけです、自分の車のトランクに君のスペアタイヤを入れたままだったとね、明日キミこれ修繕しに行かなきゃいけないだろうに……。まあね、真相真相、実を言うと……君は真相を知りたいかな？

**ヘラルド**　是非とも真実を知りたいね。

**ロベルト**　こう考えたんだ——この男が取り組もうとしていること、この男が国のために取り組む任務の重大さといったら……この国が和解に至り、過去に由来する亀裂やら山なす怨嗟をすっかり終わらせるために、こんなに重要な仕事はないだろう。全国津々浦々走り回って証言という証言を集めまくる、そうでしょう？

**ヘラルド**　ごもっとも、ごもっとも、だけどだからといって……。

**ロベルト**　そうなんだ、この男は我々のために、僕のために、みんなのために、身命を投げうつんじゃないか……。だったらせめて僕にできることはタイヤを届けてあげることだ、こんな岬の突端じゃあキリストでさえ立ち寄りゃしないし、あの彼が時間を無駄にしたら気の毒だ、と考えが及んだ、彼にとって時間ほど貴重なものはないはずだ……。

**ヘラルド**　いやいやそんな、御同輩、そんなふうに言われるのは身に余る……。

**ロベルト**　今回の委員会のお蔭で我々は、自分たちの歴史のこれほどまでに痛々しい一章を終結させることができる、そうだ、この週末はどうせ独りだし、何か手伝ってあげなくては……たとえどれほどちょぼっ《ポコン》とであろうと……。

**ヘラルド**　明日でもよかったのに……。

**ロベルト**　いやだけど君、早起きするかもしれないだろう？　早起きして車のところまで行ってみると、スペアタイヤがない、とくる。それから慌てて僕を探しに来なくちゃならないだろう？　とんでもない、我が主よ、今夜のうちにタイヤを君に届けて、ついでに明日はまずパンク直しに君を連れて行き、それからうちの道具《ガタ》を持って君の車を救出しに行こう、そう伝えないでどうする……。そう言えば道具《ガタ》、君のは結局どうしました、調べはついたやら……。

**ヘラルド**　女房があっち方《かた》のお母さんに貸してたんです。

**ロベルト**　お姑さんに？

**ヘラルド**　御存知と思うが女ってやつは……。

**ロベルト**　（笑いながら）いやはやこりゃ参りましたな！　世界最後の謎と呼ぶにふさわしい。我が友よ、僕ら男はありとあらゆる境界を突き抜けその向こうへ入り込む、なのに女と称する底知れぬ魂だけは僕らの前に立ちはだかる。知ってるかね、ニーチェがこう書いていたのを……。待てよ、僕の記憶ではニーチェだったはずなんだが。我々は決して女という名の魂を所有することはできない、というんだ。念のために言うと女ひとりのせいで道具《ガタ》もなしに道半ばで取り残される経験はしなかった老ニーチェにしてからが、そう書き残している。

**ヘラルド**　道具《ガタ》も、スペアタイヤもなしに。

**ロベルト**　そうだった、スペアタイヤも。だったらなおさら僕が同行して朝のうちに作業を片づけてしまおう……。

**ヘラルド**　しかし御親切に甘えすぎているんでは……。

**ロベルト**　何をおっしゃる。言っとくが人助けは性に合うんでね……。稼業が医者なもので、そのことは言いましたよね？　それだから急患なんて日常茶飯事ですよ。もちろん、重要人物だから助けるというわけではないので、そこは誤解のないように……。

**ヘラルド**　いったい何に首を突っ込みかけているかわかっていたら、あのときブレーキではなくアクセルを踏んでいたのでは？　図星でしょう？

**ロベルト**　（笑）深々とね。いやいや、冗談抜きに、ちっとも迷惑なんかではないので。迷惑どころか名誉に思いますよ。真相真相、実を言うとおめでとうと言いに来たんですよ、こう伝えたくて……。今度という今度ばかりは後腐れなく洗いざらい真実を知ること、それが国には欠けているんだと……。

**ヘラルド**　国に欠けているのは正義、裁きですよ、とはいえ我々が真実を確立させられれば……。

**ロベルト**　全く同感の限り。連中を裁くまでには至らないとしても、あれほどの異常な蛮行に及んだ者どもが結局は恩赦に逃げ込むことになるとしてもですよ、それでも……連中の名前が公表されてくれれば、少なくとも……。

**ヘラルド**　名前は部外秘扱いで、委員会にこれを表沙汰にする権限はないんです……。

**ロベルト**　この国にあっては何でも、最終的には人の知るところとなりますよ。連中の子供たち、いや孫たちがやって来て質《ただ》したらいい、おじいちゃん、おじいちゃんのことをこんなふうに悪く言う人たちがいるけど、それは本当なの、とね……そうしたら連中は嘘を吐いてごまかさなきゃならない、絶対に無関係だと言い張るだろうね、自分は一切関係ないんだと、そんなのは根も葉もない中傷だとか、アカどもの仕組んだ陰謀だとか、ほかにもたわ言の類を並べるだろうね、しかし言葉尻はともかく本人たちの目を見れば嘘だとわかるだろうから、問いかけた当の子供たちも孫たちも父親やらじいさんやらに哀れと吐き気を催すことだろうよ。監獄にぶち込むのとは違うがそれなりの……。

**ヘラルド**　それもおそらくはいつの日にか……。

**ロベルト**　どうなるかわかったものではないね。そのうちに、世間が怪しからんと沸騰すれば、恩赦法だって破棄されないとも限らない。

**ヘラルド**　そこまで行くと我々の委員会には扱えません。我々は事に至るまでの経緯を突き合わせ、証人の言に耳を傾け、調べを進め……。

**ロベルト**　あの手の下司野郎どもを死刑にせよという派に一票入れたいんだが、どうもその雲行きでは……。

**ヘラルド**　残念ながらその点では意見が分かれますねロベルト、僕は死刑は何の解決にもならないという立場だ……。

**ロベルト**　そうかい、それじゃあ意見が分かれても仕方ない、ヘラルド。世の中には生きるに値しない人間というのもいるんだ。ともかく、この先を傍《はた》から占うに、委員会はそこそこ深刻な問題を抱えそうに思われる……。

**ヘラルド**　我々委員は深刻な問題を山ほど抱えることになりますよ。手始めに、軍は最初から最後までことごとく、我々のすることに反対してきますよ……。もう大統領には通告してきましたからね、今回の調査とやらは軍に対する罰当たりもいいところのとんでもない振舞いであり、過去の古傷を引っ掻き回すような真似は到底受け入れ難いとね。幸い事は先へ進んだけれど、しかし……。

**ロベルト**　そうなると、ひょっとすると君の言った通り、最終的に連中が誰だったのかも知られずに終わるんだろうか、世間の目の届かないところで彼らが徒党を組んでいることも、一種の……信徒団というか、同胞団というか。

**ヘラルド**　マフィアだ。

**ロベルト**　それそれ。マフィアさまさ。誰ひとり何も喋らない、誰の背中も見せないように全員で庇《かば》い合う、だから君の言うところが当たっているとすれば軍部は構成員の誰ひとりであろうと委員会に出向いて供述することなど許さないし、委員会が彼らを呼び出してもせいぜい呼び出した側が悪態をつかれるくらいのものさ……。だったらさっき言った子供たちがどうの、孫たちがどうの、そんな当て推量は、たぶんめぐりめぐって結局……。

**ヘラルド**　さあどうなることか。大統領がひと足先に僕に耳打ちしてくれたところでは……。おっと、これは内密の話なんだが……。

**ロベルト**　承知した。

**ヘラルド**　ひと足先に聞かされたところでは、いるらしいんです、内密にならば、供述してもいいと言っている者たちが、表沙汰にはならないとこちらが全面的な機密保全を保証した上で、との条件つきなら。それでいったん口が緩めば、告白に及ぶ者がいったん誰かしら出始めようものなら、その先は信じられないくらい次々と名前という名前が数珠つなぎになって出てくるはず……。君の言った通りだ――この国にあっては何でも、最終的には人の知るところとなりますよ。

**ロベルト**　君の楽観に僕も染まりたいものだが。結局どうしても知られないままに終わる事柄もあるのでは、と懸念するんだが。

**ヘラルド**　我々には限界がある、しかし友よ、限界にも限度があって、それほどのものではないのでね。少なくとも倫理的制裁は下るべきでしょう……。何しろ裁判所というやつは……。

**ロベルト**　神が汝を聞き入れ給わんことを。それはそうと（腕時計に目をやる）……

何てことだ、もう朝の二時じゃありませんか。よろしい、明日迎えに来ますから、そうですな……九時ぐらいでどうです……。
**ヘラルド**　それよりこのまま泊まっていけば？　お宅に誰か待ち人でもいるならともかく……。
**ロベルト**　無人でして。
**ヘラルド**　いやあ、おひとり、とは。
**ロベルト**　目下のところね。女房子供は旅行中ですよ。ディズニーランドへ遊びに……こっちは旅に出るというのも気が重い、何しろ患者がいるでしょう……それで居残る方がよくてね、お気に入りの四重奏曲をゆったり心ゆくまで聴けるし、波を眺めてる方がいいですよ。とはいってもお邪魔しに来たのは手を貸そうと思ったからであってこちらが面倒をかけたくはない。もう失礼した方が……。
**ヘラルド**　何をおっしゃる。泊まっていけば。ちゃんと客人用のベッドカバーもあるし。確か……ここからどのくらい先だって言ってました……？　半時間それともっと先でしたか。

**ロベルト**　海岸沿いの道を四十分ばかり、といっても急げば……。

**ヘラルド**　議論するまでもない。泊まればいい。パウリナもきっと喜びますよ。明日になったらわかりますよ、僕らにとびきりおいしい朝食を支度してくれますって……。

**ロベルト**　いやあ、朝食と言われちゃあ降参ですな、何しろうちにはミルクすらなくて。それに真相真相、実を言うとすっかりくたくたなので……。ところでトイレはどちら？

（パウリナは素早くテラスから寝室へ身を翻《ひるがえ》す）

**ヘラルド**　あちらです。さてほかに何か足りないものは……？　これだけは貸せないというのは歯ブラシだけですよ……。

**ロベルト**　どんなことがあっても絶対に貸し借りできないもののひとつが、まさに友よ、歯ブラシですな。

(ヘラルドは笑みを返すと舞台片袖に向かい、ロベルトはもう一方の袖に向かい退場。ヘラルドの声がオフで流れる)

**ヘラルド**　お嬢ちゃん。パウリナ、お前……。なあ君は情に厚いだろ、聞こえてるかい？　びっくりしないように言っておくけど、奥さん、街道で僕を拾ってくれた医者の、あのロベルト・ミランダがうちに泊まってゆくよ、明日僕に付き合って修理の……。ちょっと女房殿、聞いているかい？

**パウリナ**　(同じくオフ、いかにも寝ぼけた声で)はあい、あなた。

**ヘラルド**　知っておいてくれよな。友人だ、わかったかい？　恐がらなくていいからね。明日僕らにとびきりおいしい朝食を頼むよ……。

(海の音以外は聞こえず、全くの静寂)

# 第三場

何分かが経過。雲のひとひらが月を遮る。海の音。静寂。身仕度を整えたパウリナが居間兼食堂に姿を現わす。月の光を受け、彼女が引き出しのありかまで歩み、リボルバーを取り出すのが見える。さらに、ぼんやりとではあるが彼女の手には婦人用ストッキングらしきものが握られているのも見えてくる。その影は居間兼食堂を横切り、ロベルトの眠る寝室〔袖〕入口にまで来る。一瞬立ち止まり、聞き耳を立てる。寝室に入る。七つ八つ数えるくらいの間が過ぎる。何ごとかはっきりしない物音、どうやら殴打そしてくぐもった叫びらしき音が一度ずつ聞こえる。しばらく無音ののち彼女が舞台上に現われ自分たちの寝室へと戻り、その扉に外から鍵をかける。ミランダの寝室にとって返すと五体と覚しき何かを引きずって再び舞台上に現われる彼女の影が見え、そのうちその何かはロベルト・ミランダであることがわかる。さらに物音。彼女は四苦八苦しつつロベルトの体を持ち上げ、椅子に縛りつける。ロベルトの寝ていた部屋に戻ると、今度は彼の上着らしきものを手に舞台に登場し、その内ポケットをまさぐって鍵束を取り出す。その場を離れ始める。立ち止まる。縛られたミランダのところへ戻る。自分の穿いているショーツを脱ぎ、それを彼の口に押し込む。

家の外に出る。ミランダの車のエンジン音が聞こえ、ヘッドライトが瞬時光る。引きずるような起動音が短く舞台上に響くなか、車が発車しきる前に観客には、椅子に縛りつけられたのが確かにロベルト・ミランダであると判明するも、彼は全く意識を失い、口は塞がれている。車は去る。暗闇。

## 第四場

夜が明けつつある。

ロベルトが目を開ける。立ち上がろうと努めるが、縛りつけられていることに気づく。猛然ともがき始める。パウリナはリボルバーを手に、ソファーに寄りかかり、彼の正面に対峙する。彼女を見てロベルトは震え上がる。

**パウリナ** お目覚めかしらドクトル……ミランダ。ミランダ先生。（リボルバーを握り直し、もてあそぶかのようにロベルトに狙いをつける）

ひょっとしてサン・フェルナンドのミランダ一族の御親戚？　大学時代にはミランダ姓の同級生がいたのよね、アナ・マリア・ミランダ、人呼んでラ・アニータ、要領よしのアニータ、もの覚えのいいことといったら、私たち皆して専属のミニ百科事典扱いしたものよ、あの彼女、その後どうしたことかしら、おたく同様お医者になりおおせたはず、違います？……私ときたら学業をまともに了《お》えなかったのよ、ミランダ先生。どうかしら、当ててみて、何でついぞ学業を全うできなかったのか、どういうわけで私が医師資格を取り損ねたのか、もちろん先生にはその理由を思いつくなんて大して手間はかからないことよね。

幸いなことにヘラルドがいてくれた、そして彼が……いやだ、実際問題彼が私に何を期待していたのか、自分でもどう言っていいかわからないのに、でもまあ、何と言うか、そうね、私のことを愛してくれていた……だから卒業証書を手にするために復学しなくてもいいと思った。幸か不幸か、医者という職業にね、ええっと、嫌悪と言ったらぴったり来ない、安住しづらい何か……ひりひりしたものを覚えるようになってしまったの。そうは言っても人生、何ごともこれで決まりということはないって言うでしょ、それだから、改めて医学課程をやり直す手続きしてみようか、復学申請してみようかなというところ。学籍剝奪された元学生の申請を受けつけているとどこかで読んだから。

あら、お腹空いてるはずよね、それで朝食当番は私なんでしたっけ。え？　とびきりおいしい朝ごはん。先生のお好みは……さあて、マヨネーズ添えハム、だったかしら、確かそうよね、ハムサンド、マヨネーズを塗ったパンで挟んだハムサンド、だったと思うわ……。あいにくマヨネーズ切らしているけど、でも大丈夫、ハムならあるの、ヘラルドもハムが好きだから。うちにマヨネーズがないの、どうか許してくださいね。目下のところは以上。それ以外の先生のお好みについてはこれから追い追いお尋ねしていきますから。

今のところ私がひとりで喋っているけどそちらに特段の不都合はないわよね。ドクトル、先生には先生の言い分を表明できる機会を、私たちちゃんと確保してあげますから。何が問題かというと、そのお口のその……猿ぐつわ、そんな名前だったわよね？……ヘラルドを起こしたくないから今はまだはずしてあげたくないの。かわいそうに、うちの人、くたびれ果てているから、でももうすぐ起こさなくちゃいけないわ。お話ししたかしら、レッカー車を呼んどいたの。ぽちぽちやって来る頃よ。

（寝室の戸口まで行き、施錠を解く）

真相真相、実に退屈そうなお顔をぶら下げていらっしゃること。そしたら今のうちにおいしい朝食をお二人に支度してあげますから……いかが？　幸いうちにはミルクもあるし……その間に何か、シューベルトでもかけません？「死と乙女」は？　先生のお車からカセットをお借りしたけどまさか御機嫌を損ねたりなさらないわよねドクトル？

（パウリナはカセット再生機のところへ行きテープをかける。シューベルトの「死と乙女」が流れ始める）

私がこの四重奏曲を聴かなくなってもうどれくらい経つか御存知？　聴かない、というか、少なくとも、聴かないように努めてる。ラジオを聴いててこの曲が流れてきたらラジオを消すし、なるべくおよばれにだって出かけないよう心掛けているほどよ、悪いけど、と言ってヘラルドにはひとりで出かけてもらうの。そのうちもし彼が大臣に任命されたらあちこち同行しなくちゃならなくなるわ。いつだったか、ある晩、さるお宅に夕食に招《よ》ばれたわ……名士の、ほら新聞の社交欄に写真が載るような人たちのお宅……そうしたら女主人がシューベルトをかけたの、ピアノソナタだったけど、それで私、席を立って消してやろうか、それともただただ席を立ってさっさとお暇《いとま》しようか、考えたんだけど、でも先にこの体の方が私のためを思って決断してくれたのね、だって目まいがして、急に気分が悪くなって、ヘラルドも一緒に失礼しなきゃならなかった、後に残った人たちはいったいなぜ私の気分が悪くなったかなんて知る由もなく、そのままシューベルトを聴いていたのよね。だからどこかでシューベルトがかかっているのにぶつかったりしないよう、いつも祈っているのよ、おかしなものでしょ？　だってかつては、いいえ、こう言ってもいいくらいよ……今もシューベルトはお気に入りの作曲家なのに、あの哀しくも高潔にして穏やかかな……。あ、でもね、断固として自分に言い聞かせてあったの、いつかシューベルトをこの耳に取り返すときが来るはずだって。そう、で、今からきっとあれもこれもがらり一変させることができるんじゃないかしら、違います？　手許にあったシューベルトをみんな捨てる寸前だったのよ、どこまで血迷ったのかしらねえ、そうでしょ？

あたしのシューベルトを、今からいよいよ聴き直すことができそうだわ、あのころのようにコンサートにだってまた足繁く通えるようにもなるんじゃないかしら……。そう言えばシューベルト、同性愛者だったって御存知？　あらもちろんよくよく御存知よね、何度も何度もここ、あたしの耳許で繰り返しその話をしたのは当の先生ですもの、その話をするのはまさしく「死と乙女」をかけてくれながらでしたっけ。先生の車にあったこのカセット、あたしに聴かせてくれたのと同じカセット？　ねえドクトル・ミランダ、それとも毎年新しいカセットに替えて音がいついつまでも……純潔さを保てるようになさっていたのかしら？（寝室の扉まで寄り、ヘラルドに呼びかける）ヘラルド、どう？　うっとりするような四重奏じゃないこと？（彼女は自分の椅子に戻る。ひと呼吸おいて、目の覚めやらぬヘラルドが登場）おはよう旦那さま。悪いけど朝食の支度はまだよ。

（ヘラルドの姿を目にしたロベルトは縛られている手足を自由にせんと死に物狂いの力を振り絞る。その場面に呆気に取られるヘラルド）

ヘラルド　パウリナ！　おいいったいこれは、これは何なんだ……気でも違ったのか？　ロベルト……ミランダさん、これはいったい……。

（ロベルトに近づく）

パウリナ　触らないで。
ヘラルド　何だって？
パウリナ　（リボルバーをかざしつつ）触るなって言ってるのよ。
ヘラルド　だけどいったいこれは何なんだよ、常軌を逸してるじゃないか……？
パウリナ　こいつなのよ！
ヘラルド　即刻放しなさ――
パウリナ　この男よ。

**ヘラルド**　誰が何だって?
**パウリナ**　こいつが医者よ。
**ヘラルド**　医者って何の医者だ?
**パウリナ**　シューベルトをかけてた医者。(短い間)
**ヘラルド**　シューベルトをかけてた医者。
**パウリナ**　あの医者よ。
**ヘラルド**　どうしてわかるんだ?
**パウリナ**　声よ。
**ヘラルド**　だけど君はそのとき……。二ヵ月その有様だったと僕に言ったろ……。
**パウリナ**　そう、両目とも目隠しされてた。でも聞くことはできた……何もかも。
**ヘラルド**　君は病んでる。
**パウリナ**　あたしは病んでなんかいない。
**ヘラルド**　君は病んでるよ。
**パウリナ**　わかった、それなら病んでるわ。でもね、病んでいたって人の声を聴き分けることはできるの。おまけに人間て、五感のひとつを奪われるとそれを補うかのように別の感覚が研ぎ澄まされてくるんですって。そう言ってなかったかしら、ドクトル・ミランダ？

**ヘラルド**　誰かの声をぼんやりと憶えていたくらいじゃ何の証拠にもならないよ、パウリナ。

**パウリナ**　あいつの声よ。夕べこの家へ入って来た途端にあの声だってわかったわ。笑い方も奴よ。言い回しも奴の口癖だもの。

**ヘラルド**　しかしそれが何の……。

**パウリナ**　そりゃあちょぼっと《ウン・ポコン》かもしれない、でもあたしには充分。あれ以来ずっとずっと何年も何年も、いっときだってあの声を、ここ、この耳許に、ほとんど舐めて来そうなくらいこの耳許近くに聞かなかった日はないのに、何なのあなたは、あの手の声を女が忘れるとでも思っているわけ？

（男の声音を真似る）

「もっとぶち込め。このアマまだ保《も》つさ。もっと食らわせてやれ。」
「確かかい先生？　念のためだが、アバズレに死なれても俺たち困るんでね。」
「気を失うのはまだまだずうっと先だ。いいから電圧をもっと上げろ。」

**ヘラルド**　パウリナ、頼むからそのリボルバーをしまってくれ。

**パウリナ**　嫌よ。

**ヘラルド**　君がそれを僕に向けてる限り、会話というのは成り立たないぞ。

**パウリナ**　とんでもないわ、逆でしょ、あなたに狙い定めるのをやめたら、その途端に会話は終わりよ。だってそうしたらあなたは物理的に優位な力を行使して自分の視点を押しつけてくるでしょ。

**ヘラルド**　パウリナ、言っておくけど、君はとんでもなく重大な行為に手を染めているぞ。

**パウリナ**　取り返しのつかない、と言ったら？

**ヘラルド**　そうだ、取り返しのつかない、取り返しのつかないことになりかねない。ドクトル・ミランダ、この私からお詫び申し上げます、どうか妻と私を……うちの家内はこれまでに……。

**パウリナ**　何を考えてるのよ。こんな、人間のなりをした糞野郎に許しを乞うって、何考えてるの。

**ヘラルド**　ほどきなさい、パウ。

**パウリナ**　却下。

**ヘラルド**　それだったらこの僕がほどくしかないな。（ヘラルド、ロベルトの方へ。突然パウリナは発砲する、ただし銃口を下へ向けて。彼女自身がびっくりした様子を見せる。ヘラルドは後方へ飛びのき、ロベルトから離れるが、そのロベルトは絶望的な表情を見せる）おい撃つなよ。パウ、二度と撃つんじゃない。その銃をこっちへよこせ。（沈黙）こんな仕打ちをしてはいかんよ。

**パウリナ**　これはいいよ、これはいけないって、あたしがしていいこととしていけないことを、いったいいつまであなたに言われなくちゃならないの。あたしもう実行しちゃったわ。

**ヘラルド**　この人に対する仕打ちかい？　この人が唯一犯した間違いといったら

……君が彼を告発するというなら彼の罪状として堂々と法廷に申し立て可能な、その唯一の仕打ちと……同じことを……？　(パウリナの顔には切れ切れの、小馬鹿にしたような笑みが浮かぶ)　そうだよ、法廷に、どれだけ腐り切った、どれほどカネ次第の卑怯な存在だとしてもだ、法廷に突き出すのでなければ……君がこの人を告発し得る唯一の理由といったら道の真ん中に見捨てられていたこの僕のせいで車を停め、僕を家まで送ってくれ、その上わざわざ一緒にスペアタイヤに事欠く車のところまで行ってくれると――

**パウリナ**　ああ、そう言えば忘れていたけどお伝えしておかなくちゃね、レッカー車が今にも御到着だってこと。あなたを拾ってくれた善きサマリア人の車を隠しに今朝がた出かけたついでに街道沿いの公衆電話からレッカー車を頼んでおいたの。だから着替えておいてちょうだい。もうやって来る頃よ。

**ヘラルド**　お願いだ、パウリナ、僕ら理性的にならなくちゃ、理性的に行動しなくちゃ……。

**パウリナ**　あなたは理性的でいられるのよ。だってあなたは断じて何もされなかったもの。

**ヘラルド**　僕だって、もちろん僕だって何かされたさ、だけど誰が一番ひどい目に遭ったかを競い合う場面じゃないだろ……何でこんなことで僕らが張り合わなくちゃならないんだ、勘弁してくれ。いいかい、仮にこの男が君の言う医者だったとして、実際この男じゃないさ、この男のはずはない、理由がないもの、だけどもしもそうだったと仮定したとして……その場合にもいったいどんな権利があって君はこの人をこんなふうに留め置けるのか。ちょっとしっかりしておくれパウリナ、いったい何をしようとしているのか、このままではどんな結果に至るのかわかって行動しているのか……。

（家の外にトラックのエンジン音が聞こえる。パウリナは玄関口に駆け寄ると扉を開き叫ぶ）

**パウリナ**　今行きます、今すぐに！（扉に鍵をかけ、ヘラルドに向かって）さっさと着替えて、レッカー車よ。タイヤは外に置いてある。それにあいつの道具も下《ガタ》ろしたから。
**ヘラルド**　おい、他人様の道具《ガタ》を失敬したのか？
**パウリナ**　これでうちのはママが持って行けるでしょ。（短い間）
**ヘラルド**　この僕が警察に知らせに行く可能性は考えなかったのか？
**パウリナ**　そんなことするとは思わないわ。第一、他人を説き伏せる力にかけてはあなた自分に自信を持ちすぎているもの。それにわかっているでしょ、もし警察がこのあたりまでウロチョロするならこのお医者の脳味噌にあたしが一発ぶち込むだろうってことくらい。どう？　よくよくわかっているわよね？　（短い間）そうしておいて今度はあたしが自分にズドンと一発食らわせてやる……。
**ヘラルド**　かわいいパウリネタ……かわいいパウリネタ。君は……まるで別人だ。どうしたらそんなふうになってしまえる？
**パウリナ**　うちの夫に説明してくださらないこと、ドクトル・ミランダ、あなたが私にどんな仕打ちをしてくださったお蔭で私がここまで……狂ったか。
**ヘラルド**　もう一度だけよくよく訊くよパウリナ、いったい君はどうするつもりなんだい？

**パウリナ**　あたしがどうするか、じゃないわ。二人でどうするのか、を訊くべきなのよ。二人でこの男を裁くのよ、ヘラルド。あたしたち二人でドクトル・ミランダを裁くの。あなたとあたしとでね。それとも鳴り物入りのあなたの調査委員会が代わりに裁いてくれるわけ？

（暗転）

第一幕　了

# 第二幕

## 第一場

正午すぎ。

ロベルトは未だ同じ体勢のまま、パウリナは彼に背を向け、目は大窓へと、さらに海の方を見やり、ゆっくり椅子を前後に揺らしつつ話す。

**パウリナ**　それで、放免されたとき……あたしがどこへ身を寄せたか御存知？　両親の許へなんてとても無理……あの頃すっかり両親とは関係を断っていたもの、二人ともあんまりにも軍の肩を持っていたからよ、母にはごくたまに会ってはいたけれど……。やれやれ、嫌だ、何だってこんな話すっかり先生に聞かせてあげてるのかしら、まるで懺悔を聴いてもらっているみたい。ヘラルドにだって一度もしたことのない話なのに、それどころか姉にも、まさか母にはなおさら……それなのに先生には、あたしの身に起きたこと、放り出されたときにこの頭をよぎったことといえば何だったのか、それを先生、あなたにはそっくりその通りにお話しできるなんて。

あの晩あたし……あらあ、あたしがどんな始末だったかなんて、先生、いちいち描写してみるまでもないわね、放り出す前にあたしを事細かく検分したのは先生その人なんだから。こうしてあたしたち、いい気持ちねえ、違う？　まるで広場のベンチに腰かけて、二人して日なたぼっこしている年寄り同士みたいじゃない。（ロベルトは何やら話そうと、あるいは縛りを解こうともがくかの仕草を見せる）それ何か食べたいっていう合図？　それほどのことかしら。ヘラルドが戻って来るまで我慢してくださらないと。（男の声音を真似て）「腹が減ったか？　食いたいってか？　俺さまが食いものをやろうじゃないか、うんまそうな姐ちゃんよ、びっくりするほどデカくて栄養たあっぷりの代物をこの俺が今からアンタに食わせてやるからな、腹が減ったなんざ忘れさせてやるよ。」（本来の声に戻り）ヘラルドのことなんか先生はこれっぽっちも知らない……。つまり何も知るはずはなかったということよ。口が裂けてもあたしは名前を明かさなかったもの。先生のお仲間たちときたら。寄ってたかって訊いてきたわよね――「これだけのメスだ、下の口も美味そうじゃねえか、オトコなしってわけはないだろよ……。なあお嬢ちゃん、誰かアンタにおっかぶさってるんじゃねえのか。誰がアンタにおっかぶさってるのか教えてくんねえか」とね。でもあたし絶対にヘラルドの名前なんか明かさなかった。そりゃそうよね。もしあたしがヘラルドの名を口になんかしていたら、うまいこと彼の口から直々内情を聞き出そうとのこのこ夕べうちへやって来るなんて、そんなとんでもない間違いをおたくがしでかすはずないわ。あらそのためにやって来たんでしょ？　ああらその前に真相真相、もしこのあたしがヘラルドの名を挙げてれば彼が調査委員会に任命されるわけなくて、誰かほかの弁護士がヘラルドの最期を調査することになるわけよ。そうしてこのあたしが委員会に出向いて証言することになるわ、ヘラルドと知り合ったのは安全な国外へと人々を逃がす任務のさなかでしたって……人々をともかく手当たり次第大使館へ送り込む、クーデタ後の日々あたしはそればかりに一所懸命だった。それだからあたしは何にだろうと立ち向かう構えだった、信じ難いけどあのころは何も恐いものはなかったのよ。だけど、何の話をしてたんだっけ……。ああそうそう、あの晩の話を先生に聞かせてあげていたんだった。あの晩、先生とそっくり同じにあたしも扉をノックした、そしてヘラルドがやっと開けてくれたと思ったら、何だか取り乱したように見えたの、彼の頭髪が何だか……（乗用車の音が聞こえ、戸外に停車する。次いで車のドアが開き、閉まる。パウリナはテーブルへと歩み、リボルバーを手にする。（ヘラルド入室）あなた車はどうだった？　タイヤの穴塞ぎは簡単に――

**ヘラルド**　パウリナ。僕の言うことをちゃんと聴いてくれ。

**パウリナ**　もちろん、ちゃんと聴くわよ。もしかしてこれまでいつだってちゃんと聴いてきてあげたんじゃなかった？

**ヘラルド**　掛けてくれ。まず腰を下ろして、それから僕の言うことをよく聴く、ほんとにしっかり聴いてくれなくちゃ。（パウリナ着席）君も重々承知の通り僕はこれまでずっと法の支配というものを護るために生きてきた。軍事政権の許しがたく我慢ならない点は――

**パウリナ**　軍事政権？　ファシストども、とすっぱり言うべきよ。

**ヘラルド**　口を挟むな！　連中の許しがたく我慢ならないところは、あんなにも多くの男たち女たちを罪に問うておいて、連中自身が裁判官の役も当事者の役も告発者の役も刑の執行者役も一手に握り、連中が断罪した相手方には何の保証も、最低限すら、弁明の余地など一切与えなかったことだ。いいかい、この男が全宇宙探し回っても最悪の部類に入る犯罪をはたらいたとしてだよ、たとえそうだとしても彼には弁明の権利があるんだ。

**パウリナ**　でもヘラルド、この人にその権利を認めないなんて誰も言ってないのよ。あなたに世界じゅうありったけの時間をあげるから、どうぞあなたの依頼人と、二人きりで相談してちょうだい。待ってたのよ、あなたが戻って来て、この懸案にいよいよ正式の開廷を告げられるようにって。それをはずしてやっていいから……。（彼女はヘラルドに仕草で示す。ヘラルドがロベルトの口を覆う布切れを取りのける間にパウリナは録音機に向かう）ただいまを以て、被告人の発言はすべてここに録音されることを告知する。

**ヘラルド**　後生だ、パウリナ、いい加減に黙るんだ。彼に話させろ……。

（短い間。パウリナは録音機を回す）

**ロベルト**　（かすれ声で、そのあと嗄《しわが》れ聞き取りづらい声で）水を。

**ヘラルド**　何だって？

**パウリナ**　水が欲しいって、ヘラルド。

（ヘラルドは慌ててグラスに水を満たしロベルトの許へ運ぶと、これを飲ませてやる。ロベルトは水を飲み干す）

**パウリナ**　お水、おいしいわねえ、ねえ？　何て言ったたって、自分のおしっこを飲むしかないよりはいいわよね。

**ロベルト**　エスコバルさん。いったい全体これは、許すまじき蛮行ですぞ。全くもって神がお赦しになるはずはない。

**パウリナ**　ちょっと。ちょっと待って。それ以上ひと言も発してはならんぞ、ドクトル。さあてちゃんと録音されてるかみてみましょう。

(録音機のボタン二、三に触れるとロベルトの声が聞こえる)

**録音機から流れるロベルトの声**　エスコバルさん。いったい全体これは、許すまじき蛮行ですぞ。全くもって神がお赦しになるはずはない。

**録音機から流れるパウリナの声**　ちょっと。ちょっと待って。それ以上ひと言も発してはならんぞ、ドクトル。さあてちゃんと――

(パウリナは録音機を止める)

**パウリナ**　録音よし。我々は許しというものについての声明を既に一件確保した。ミランダ医師の意見によれば、誰かをその本人の意思に反して何時間か縛り上げておくこと、その人物の口を二、三時間ばかり封じておくこと、これらは許すまじき、はたまた神の赦しを得られぬ行為だとのことである。一同同意。ほかに何か？

（パウリナは別のボタンを押す）

**ロベルト**　奥さん、私は奥さんのことなど知らない。この人生でこれまで会ったことはありませんよ。私に言えるのは奥さん、あなたが深刻なほどに病んでおられるということです。いやしかしあなた、エスコバルさん、御主人、あなたはまともだ。あなたは弁護士だ、人権擁護の旗手、軍事政権に反対した人だ、ちなみにかく言う私自身もこれまでずっとそうでしたがね、あなたは己れの行動に責任を持つ以上、今ここで即刻この縛りを解くべきですよ。いいですか、言っておくが一分ごと、あなたが私を解放せずに過ぎゆく一分ごと、刻々とあなたは共犯者になり、この事態がもたらす結果の代償を払うことになりますぞ……。

**パウリナ**　（リボルバーを手に、ミランダに近づく）いったい誰を脅《おど》してるつもり？

**ロベルト**　私は何も……。

**パウリナ**　もちろん脅してるわよ。さあてこの際お互いしっかり了解しておきましょうね、先生。この場において脅迫なるものは今後一切通用しない。外界ではそうね、おたくたちがまだあれこれ指図していてもおかしくない、でも今、この場にあって命ずるのはこのあたしよ。わかったか？（間）

**ロベルト**　トイレに行かないと。

**パウリナ**　大か小か？

**ヘラルド**　パウリナ！　ミランダさん、これまで妻がこんな口を利いたことは決して――

**パウリナ**　相手にしない、さあドクトル、どっちなのよ？　前なの後ろなの？

**ロベルト**　立ったままで。

**パウリナ**　ほどいて、ヘラルド。あたしが連れて行くから。

**ヘラルド**　おい何だって君が？　もちろん僕が連れて行くよ。

**パウリナ**　あたしに任せるの。何でそんな目で見るの？　こいつがあたしの目の前でブツを取り出すのはヘラルド、何も初めてじゃないのよ。さあさあ先生、立ち上がって。うちの絨毯《じゅうたん》の上にお漏らしされたらかなわないわ。

（ヘラルドは縛りを解いてやる。ゆっくり、痛そうに、足を引きずりながらロベルトはトイレに向かい、パウリナは銃を彼に突きつけたまま付き添う。ややあって放尿の音、そののち水洗音が聞こえる。一方ヘラルドは録音機を止め、いらいらと歩き回る。パウリナがロベルトを伴って戻る）

**パウリナ**　縛って。（ヘラルド、ミランダを縛る）もっときつくよ、ヘラルド。

**ヘラルド**　パウリナ、君と話さなくちゃいけない。

**パウリナ**　それって誰かが邪魔してるとでも？

**ヘラルド**　僕らだけで、だよ。

**パウリナ**　ミランダ先生を除け者にしてあたしたちだけで話さなくちゃいけないわけがわからないわ。連中は何だろうとあたしのいる前で議論してたわよ……。

**ヘラルド**　パウリナ、いい子だから、お願いだ。伏して頼むから、そんなに意地悪しないでくれ。誰にも聞かれないところで君に話したいことがある。

（二人はテラスに出る。テラスでの会話の間ロベルトは何とか結び目をほどけないものかと試み続け、両脚のあたりから徐々にものにしてゆく）

**ヘラルド**　それじゃいいかい。いったい君は何をどうしたい？　お前さんいったいこんな馬鹿な真似をして何を狙ってるんだ？

**パウリナ**　さっき言ったじゃない、あいつを裁くのよ。

**ヘラルド**　彼を裁く、裁判にかけるって……。しかしどういう意味だそれは、彼を裁くとは？　僕らが連中と同じ手法を使うわけにはゆかないぞ。僕たちは連中とは違う。まるで復讐の手立てを探しているようなものじゃないか……。

**パウリナ**　これは復讐じゃないわ。だってあいつがあたしには与えなかった法の保護をあたしは丸々そっくりあいつに保証してやろうっていうのよ。あいつにせよ、あいつの……同僚とでも言うのかしら、そのひとりたりともあたしには保証しなかった権利をね。

**ヘラルド** それで次にはその同僚連中というのを引っつかまえて君はここへ連れて来るつもりか、そいつらを縛り上げて、そいつらを裁くっていうのか──

**パウリナ** そのためには、そいつらの名前をそっくり手に入れなけりゃならないわよね、違う?

**ヘラルド** ……裁いて、それから君はそいつらを──

**パウリナ** そいつらを殺す? あいつを、殺すだろうって? でも彼があたしを殺さなかったからには、その選択肢が妥当な量刑だって感じはしないけど……。

**ヘラルド** よかった、パウリナ、そう言ってくれて、だってもし君が奴を殺そうと考えているなら、その前に僕のことも殺してからにしてくれないと。誓って言うが、まず僕を殺してからに──

**パウリナ** やだ、落ち着いてよ。あたしとしてはこれっぽっちもあいつを殺そうなんて意図はないのよ。ましていったいなぜあなたを……。もっとも、いつものことね、どうせあたしの言うことなんか信じないんでしょ。

**ヘラルド** だけど、それならいったい何をするつもりなんだ、彼を相手に? それなら何のために彼を、何のために彼を……。しかも一切は十五年も前、君に、君の身に……。

**パウリナ**　あたしに、あたしの身に……。何だっていうの、ヘラルド。おしまいまで言ったらどうなの。（短い間）あなた今まで一度だって口にしたがらなかったわね。今こそ言いなさいよ。あたしに、あたしの身に――

**ヘラルド**　君が口にしたくなかったのに、どうしてこの僕がわざわざ口にする？

**パウリナ**　さっさと言いなさいよ。

**ヘラルド**　僕が知っているのは、君が教えてくれたことだけだって……あの、初めての晩、つまり……。

**パウリナ**　言えったら。あたしに、あたしの身に……。

**ヘラルド**　君に、君の身に……。

**パウリナ**　あたしに、あたしの身に何よ……。

**ヘラルド**　連中は君に拷問を加えた。さあ今度は君も言うんだ。

**パウリナ**　連中はあたしに拷問を加えた。で、それから？（短い間）それから連

中はさらにあたしに何をしたの、ヘラルド？　（ヘラルドは彼女の方へ踏み出し、彼女を両腕に包み込む）

**ヘラルド**　（パウリナに囁《ささや》きかける）君を強姦した。

**パウリナ**　何回？

**ヘラルド**　何回も何回も。

**パウリナ**　何回なの？

**ヘラルド**　君は一度も言ってなかったぞ。回数なんかわからなくなった、そう君は言ったじゃないか。

**パウリナ**　そんなことないわ。

**ヘラルド**　そんなことないって、何が？

**パウリナ**　回数なんかわからなくなったかもっていうことよ。あいにく何回だったかあたしはしっかり覚えてるわ。（短い間）それであの晩、つまりあの……ヘラルド、あなたに打ち明け始めたら……あなた、どうするって言った？　覚えてるのあなた、誓って言ったわよね、連中に出くわしたらどうしてくれようって言った？（沈黙）あなた言ったのよ、「君を愛してる、いつか僕らはあの下司野郎どもを片っぱしから裁いてやるぞ。君は好きなだけジロジロねめ回してやれるんだ」とね……――この台詞、そっくりそのままよく覚えてるわ、なぜってあたしには詩みたいに響いたくらいだもの――「君の告発を聞きながら連中がどんな顔をぶら下げるか、奴らひとりひとりの顔を君は好きなだけジロジロねめ回してやれるんだ。君に誓うよ。」さてそうしたら今あたしは誰に申し立てたらいいの、教えてちょうだい、旦那さま。

**ヘラルド**　もう十五年も前のことじゃないか。

**パウリナ**　ではこの医者を誰に向かって告発すればよろしいか？　どこに訴えたらいい、ヘラルド？　あなたの委員会？

**ヘラルド**　僕の委員会だと。委員会って何の話だよ？　君の馬鹿げた振舞いのせいで僕らが志していた調査作業はまるっきり不可能に終わっちまうぞ。そもそも僕は委員会を辞めなきゃならないよ。

**パウリナ**　やれやれ、いつも大袈裟なんだから。あなたまさか、委員会を代表してものを言うときにそんなメロドラマ口調を使ったりはしないわよねえ。

**ヘラルド** 何だ君は耳が聞こえないのか？　たった今言ったろ、僕は委員会を辞めなきゃならなくなる。

**パウリナ** あらまあどうしてかしら。

**ヘラルド** 君にはわからなくてもこの国の、君以外の全員には当然さ、とりわけ何も調査が進まないようにしたい輩には明々白々じゃないか。近過去の暴力を調査する任務を負った大統領直轄委員会、節度と公平不偏の姿勢を見せるべき委員会、その委員会の構成員のひとりが――

**パウリナ** 公平不偏にどっぷり漬かりすぎてあたしたちみんな溺れ死ぬわ！

**ヘラルド** 節度、公平不偏、そして客観性を重んずるべき当の委員会の一構成員が、こともあろうに、無防備な人間を拉致し、縛り上げ、拷問まがいの苦しみを与える事態がその自宅で生起するのを許すなんてことになれば……。君だってわかるはずだ、独裁体制の下僕だった新聞業界がいったいどれほど僕を吊るし上げるものか、奴らはこの顚末をタネにして委員会の足許を掘り崩そうとするだろうし、下手したら委員会を葬り去ることまでしかねない。(短い間) いったい全体、君はああいう輩どもに権力の座にまた戻ってきてほしいのか？　連中に恐怖を与えて戻って来させようってか、あんたたちの機嫌を損ねるようなことを僕らがもうしないって安心できるよう権力の座にお戻りくださいってか。そうしたいのか君は？　あの手の輩どもが僕らの生と僕らの死を勝手に決めていた時代、その時代が戻ってくればいいと？　彼を解放しなさい、パウリナ。彼に謝罪して、自由の身にするんだ。この人は――ともかく僕と話した限りでは――民主主義を尊重する人物に思える……。

**パウリナ**　あらあら僕ちゃん、困ったわね、お口開けて期待してると指なんか突っ込まれちゃうのよ……。しっかりしてよ。あたしはあなたの足を引っ張るようなことするつもりはないし、委員会の邪魔をするつもりなんか余計ない。だけどね、あなたたち、委員会では死人とだけ折り合いをつけるんでしょ、死者は話すことができないのに。一方このあたしは話すことができるのよ、そりゃもう何年もあたしはひとことだって喋らない、自分が何を考えているかなんてさっぱり口に出さない、びくびくしながら生きているだけ、自分自身の……それでもね、あたしは死人じゃない、自分はすっかり死んだも同然と考えたこともあったけど、ううん違う、あたしは生きていて、言うべきことが、そう、言うべきことがある……だからあたしにはあたしなりにやらせて、それであなたは安心して委員会を続けてくれればいい。約束するから、この訴追はあなたたちに迷惑をかけないって、このことは絶対に知られないから。

**ヘラルド**　絶対に知られないだろうよ、この御仁が放免されても事を明るみに出すのを断念するときに限って、だ。その前に、君が彼を自由にしてやっての話だ。ただしその条件が成り立ったとしても、結局のところ僕は辞めないと、しかも辞めるのは早いに越したことはない。

**パウリナ**　このことが知られなくても辞めなきゃいけないの？

**ヘラルド**　そうだ。

（間）

**パウリナ**　奥さんが気が変だから、以前は口を利けないから気が変、今は喋れるから気が変、それで辞めなきゃいけない……？

**ヘラルド**　そうだ、ほかのことはさしおいても、とりわけ、君がそんなにも真実を追い回すとそうなる。

**パウリナ**　真相真相、ってね？　（短い間）ああちょっと待って。

（テラスから部屋へ赴き、ロベルトが今しも手足を自由にしかけている場に遭遇する。彼女を見るなり彼は凍りつく。パウリナは彼を再び縛り上げ、手を動かしつつ声を真似る）

「おいおい俺たちのおもてなしがお気に召さないんか？　そんなに慌ててさようならしたいのか、姐ちゃんよ？　シャバじゃあお前さん、こんなおやさしい彼氏がいい思いさせてくれないぜ。俺と離れたら淋しいだろ？」

（パウリナはゆっくりと、その両手を、まるで愛撫するかのようにロベルトの全

身に這わせる。嫌悪感に襲われ、ほとんど吐きそうになって立ち上がる。テラスへ戻る)

**パウリナ**　奴だとわかるのは、単に声だけじゃないのよ、ヘラルド。(短い間)あいつの肌も間違いないの。あの体臭。肌でわかるのよ、あいつだって。(間)さてそれでだけど、あなたの受け持ちのお医者さんが疑問の余地なく有罪である、とこのあたしが証明してみせられたとして……何が何でも、あなたは罪人を自由にさせたいわけ?

**ヘラルド**　もちろんだ。(ちょっとした間)有罪だったらなおのことだ。そんな目で僕を見るなよ。考えてもごらん、誰もが揃いも揃って君のように行動したらどうなる。君は君の持ち前の妄執に出口をあてがえて満足する、君の罰したいものを自力で罰する、君はそれで落ち着ける、その一方で君以外の者たちはどうなる……せっかくここまで来たのに民主主義への道は丸ごとゴミ箱行きになるじゃないか……。

**パウリナ**　何もゴミ箱行きになんかならない！　知られやしないんだから！

**ヘラルド**　「知られやしない」ことを保証するただひとつの方法は君が彼を殺す道だし、そうなったらゴミ箱行きになるのは君だろ、そして君もろともこの僕もだ。パウリナ、奴を放すんだ、それがこの国のためになる、それが僕らのためになる。

**パウリナ**　でもあたしのためになる？　あたしを見て……。見てってば。

**ヘラルド**　君こそ君を見るんだ、ああこんなに君のことを想っているのに、君が君自身をよくよく見つめないと。君こそあいつらに囚われたままになってる、奴らが君を繋いでいた、あの地下室に今もって囚われたままなんだ。この十五年、君本来の人生だと言えることを君は何もしてきてないだろ。何ひとつ。自分をよく見るんだ、僕らが改めてやり直す機会、まともに息をする機会が今やって来ているのに。もういい加減にハラを決めて……？

**パウリナ**　忘れるときが来たって？　あなたあたしに忘れろって頼んでるつもりなのね。

**ヘラルド**　もう奴らから自由になれよ、パウリナ、僕が頼んでるのはそういうことだ。

**パウリナ**　それで何、あたしたちがあいつを放免したら、何年かしてまたいらっしゃいというに等しいでしょ？

**ヘラルド**　僕らがあいつを自由にするのは二度と再び戻って来ないように、なんだよ。

**パウリナ**　そのうちあたしたち、カフェ・タベリであいつと行き合って、あいつにあたしたちにっこり頬笑みかけてやって、あいつはあたしたちに「こちら妻です」とか言って、あたしたちあいつの奥さんにもにっこり頬笑みかけてやって、それで皆して「まあ今日はお日和もすばらしいこと……」なあんて口にし合うってわけ……。

**ヘラルド**　何も君、奴ににっこり頬笑みかけてやる必要なんかないけど、まあしかし、要はそんなところだ。そう、人生をふつうに生き直すっていうことだよ。

（短い間）

**パウリナ**　なるほどヘラルド、じゃあここで言質《げんち》を取らせてもらうのはどう？

**ヘラルド**　おいおい何の話をしてるんだ？

**パウリナ**　言質よ、取り引きといってもいいわ。この国の体制移行とかいうものも、その伝じゃないの？　あたしたちが民主主義を手にすることは許す、その代わり彼らは経済と軍とを握り続ける、とこうでしょ？　委員会は犯罪行為を調査してよろしい、ただし犯罪者たちが罰を受けることはない、これもそうよね？　ありとあらゆるすべてを語る自由がある、ただし何もかもすべてを語るのでないときに限って。（短い間）しっかり目を開けて見てほしいんだけど、このあたしはそれほど無責任でもなければそれほど……病んでもいないわ、だからあなたとあたしの間で合意を取り結んではどうかと提案してるのよ。あなたが望んでいるのはあたしがあの野郎に危害を加えず自由にすること、一方あたしが何をしたいかというと……ちなみにあなた、あたしがどうしたいか知りたいかしら？

**ヘラルド**　もちろん喜んで知りたいよ。

**パウリナ**　夕べね、あの声を耳にしたときいっとう最初に何を考えたかっていうと、この何年も何年もずっと考えてきてたことなのね、あなたが例のああいう目つきで、あたしのことを盗み見しているときに考えてることよ、あなたの目つきったら……「こいつ上の空だな」「こいつ、イっちゃってるな」って言いたげだったでしょ、違う？　そういうとき、あたしが何考えていたと思う？　あいつらに同じことをしてやる、あいつらがあたしにしたのと同じことを、ひとつひとつ全部抜かりなく。あいつらのうちでも特に、あの医者にはそうしてやる……。だって他の連中はそれ相応に、全くもって下劣だった……それなのにあの医者はシューベルトをかけた、医学だ科学だとあたしに語ってみせる、一度なんかニーチェまで引用してみせたわ。

**ヘラルド**　ニーチェ。

**パウリナ**　自分の考えてることに我ながらおののいたものよ……でもね、そうするよりほか眠りに就く方法がなかった、あなたと一緒に夕食のおよばれに出かける方法もね、だっておよばれの席でずっとずっと自問し続けるのだもの、ここにいる人たちのうちの誰かが……まさしくどんぴしゃの当人ではないかもしれないけれど、あたしを……拷問した人間じゃないかって、いや、でも……それでね、あたし気が変にならないように、それとカフェ・タベリでの作り笑い、あなたがあたしにこれからも続けろっていう作り笑いね、それを続けられるように、まあそんなところね、そのためにぼうっと想いめぐらしていたわけ、連中の小便を溜めたバケツに当人たちの頭を突っ込んでやる図とか、電気ショックを食らわせてやるとか、それにね、あなたと愛し合ってるさなかだって、自分があと一歩でオルガスムに行き着きそうになると、決まって思い出してしまうの……そうなるともう、あとはフリをする、ひたすらフリをする、そうするしかなかったの、あなたが気を悪くしないように……。

**ヘラルド**　何てことだ、かわいそうに、かわいそうに。

**パウリナ**　それだから、あの声を聞いて思い立ったことといえばひたすらこうよ、あたしがどうしたいか、あいつもヤられればいい、あいつの上に次々おっかぶさってしまえって、それしか考えなかった、どんなものか一度でいいから思い知れってね……。(短い間)そうは言ってもあたしがあいつを犯すのは無理だから……

あなたがしてくれなくちゃ、とこう考えたわけ。

**ヘラルド** もういい、パウリナ。

**パウリナ** たちどころに自分に言い聞かせたわ、あなたに協力してもらうのは難しいだろうって。

**ヘラルド** やめてくれ、パウリナ。

**パウリナ** となると今度は箒《ほうき》を利用してみたらどうかって考えをめぐらす……そうよヘラルド、もちろん箒の柄《え》。でもまた、違う、そんな、何ていうか……物理的な次元で思い知らせてやりたいわけじゃないと気づくの、どう、いったいどんな結論に達したと思う? あたしが奴に食らわせてやりたいたったひとつのお仕置きはいったい何だと? (短い間) それはね、白状させること。録音機の前に座らせて自分の所業を洗いざらい語らせることよ、あたしへの仕打ちに限らず、すべて、ともかく洗いざらい全部を……そのあと直々本人の手で今度は話したことを一文字一文字書きつけさせて、署名させて、その上で文書の写し一部をこのあたしが未来永劫手許に置いておく……髪の毛ひとすじたりとも疎かにせず事細か

に、どこの誰かもわかるように姓も名もことごとく書きつけさせたものをね。これなの、あたしが手に入れたいのは。（短い間）

**ヘラルド**　彼が告白したら、君は彼を手放すと。

**パウリナ**　あいつからこの手を離すわ。

**ヘラルド**　それで、君が必要としているのはそれ以外ないのか？

**パウリナ**　それだけよ。（短い間が空くがヘラルドは何も答えない）こうすればあなたは委員会を続けられるわ。向こうの告白をこっちが握っていればあたしたちは無事よ、まさか奴が殺し屋のひとりも送り込もうなんて企てるはずは――

**ヘラルド**　それで君はおめでたくも僕が君を信じると思うのか、告白さえすれば君が彼を手放すと？　ついでに、おめでたくも彼が君の言を信じると思ってるのか？

**パウリナ**　両者のいずれにとっても他に手があるとは見えないけど。ねえヘラルド、この手の悪質な連中には恐い思いをさせないといけないのよ。言ってやって、あたしは殺す気満々で支度中だって。殺すつもりだからパウリナは車を隠したって言ってやんなさい。パウリナに殺しを思いとどまらせる唯一の途は白状すること だって。そう言ってやりなさい。言ってやるのよ、おたくが夕べここへ来たこと なんか誰も知らないし、だあれもおたくを見つけ出せやしないって。どう、あな たこれで奴を説得できないかしら。

**ヘラルド**　この僕が言いくるめるってか？

**パウリナ**　あいつに飛びかかるよりはお安い任務じゃなくて？

**ヘラルド**　ひとつ問題が、ひとつだけ問題があるんだ、パウリナ。もし彼の方に告白しなきゃいけないことが何もなかったらどうなる？

**パウリナ**　素直に罪を告白するのでなければ殺すまでよ。言ってやりなさい、告白しなければあたしに殺されると。

**ヘラルド**　いやしかし、もし彼がクロでなければどうなるんだ？

**パウリナ**　あたしの方は急いでないわ。何ヵ月だってここに置いといてあげられる、そう言ってやって。告白する気になるまで置いといてあげる。

**ヘラルド**　パウリナ、僕の言葉を聴いているよな。もし彼がクロでなかったら、告白するっていったい何を告白できる？

**パウリナ**　あいつがクロでなかったらですって？　（短い間）そのときはおっと困ったしくじった、ってことね。（暗転）

注記　演出側として本作に（全体を二分割する区切りとして）幕間《まくあい》が必要と感じられる場合、ここがその幕間を挟むに最適の箇所である。

## 第二場

昼食どき。

椅子に掛けているヘラルドとロベルト、後者はいまだ縛られたままだが両手は前に置かれ、居間《リビング》のテーブルを挟み両者向かい合っている。ヘラルドは熱いスープをロベルトの口に運んでやっている。パウリナは二人から距離を置き、海に臨むテラスに待機。彼女の位置から二人の姿を見ることはできるが会話は聞こえない。ロベルトとヘラルドは食事の皿を見やりつついっときその場をやり過ごす(沈黙)。

**ヘラルド**　空腹の具合は如何です、ドクトル・ミランダ?

**ロベルト**　頼むから「君」扱いしてくれ。

**ヘラルド**　敬称付きでお話しする方がいいんですよ、弁護士と依頼人のようにね。その方が用務遂行を容易にします。ところで何か召し上がるべきだと思いますが。

**ロベルト**　腹は減ってない。

**ヘラルド**　失礼して手を貸してあげますよ……。（スプーンでスープをすくう。赤子にしてやるようにスプーンをロベルトの口にあてがい飲ませる。続く会話の間、ロベルトに昼食を供しつつ、合間合間に彼自身も自分の皿から昼食を摂る）

**ロベルト**　彼女は正気じゃない。申し訳ないがヘラルド、お宅の奥さんは……。

**ヘラルド**　パンはどうです？

**ロベルト**　いや結構。（短い間）心理療法を受けさせるあてをつけるべきでは……。

**ヘラルド**　まさしくそれを、手荒な方法で受けさせるとすれば、先生、あなたこそ妻にとっての治療となるべく来てくださったわけなんですよ。（ロベルトの口許をナプキンで拭ってやる）

**ロベルト**　奥さんに殺されるというのに。

**ヘラルド**　（ロベルトに食べさせる手を止めずに）あなたが告白に及んでくださらない限り、妻はあなたを殺すつもりです。

**ロベルト**　そう言われても、告白するっていったい何を、いったいこの私が何を告白できるというんです、だって私は……。

**ヘラルド**　さあどうですかね、ミランダ先生、お聞き及びでしょうが、前体制の情報部は拷問実施に際して医者たちの協力を仰いでいたとのことですから……。

**ロベルト**　医師会がその種の事情を察知してからは、告発の声が上がり、さらにできるところまでは調査もされたと。

**ヘラルド**　妻の頭にはあなたもその手の医者のひとりだという考えが紛れ込んでしまったんです。その考えを否定してみせる手立てがあなたにないとすると……。

**ロベルト**　否定してみせるって、どうしろと？　自分の声を取り替えるとか、この声が私の声ではないと証明してみせるとかしなくちゃならないでしょう……。私を断罪する唯一の手がかりが声だというなら、他に証拠はないわけで、いったいどうして決めつけ――

**ヘラルド**　先生の肌のことが。妻は肌の感触もそうだと言ってます。

**ロベルト**　肌ですと？

**ヘラルド**　それに体臭も。

**ロベルト**　そんなのはネジのはずれた女の酔狂ってもんでしょう。どこの誰だろうとその扉から男が入って来さえすれば……。

**ヘラルド**　不幸にして、入って来たのがあなただった。

**ロベルト**　いいですか、ヘラルド、私は平穏というものを知る男だ。趣味とするところは自宅で過ごすこと、ときに海辺の別宅にやって来ること、誰をも煩わせず、海を望んで腰を下ろし、味わい深い書を読み、音楽に耳を傾ける……。

**ヘラルド**　シューベルトとか？

**ロベルト**　シューベルト、もちろん聴きますよ、恥じる謂《いわ》れは何もない。ほかにヴィヴァルディもモーツァルトも、テレマンだって好きです。しかしまた何を間違って海辺の友に「死と乙女」なんか持って来る気になったのか。おいちょっと、ヘラルド、何でこんな目に遭ってるかと言えば街道に取り残されて気が触れたみたいに腕を振り回してるあんたを見てただ気の毒に思った、それだけのせいなんだ……なあ、あんたは俺をここから連れ出す責任があるだろ。

**ヘラルド**　わかってますよ。

**ロベルト**　足首が痛いし、両手も、背中も痛む。ちょっと何とかしてくれるわけには……。

**ヘラルド**　ロベルト……率直に言いたい。あんたを救う方法はたったひとつしかない。（短い間）妻に対しては何と言うか……思い通りにさせてやるしかない。

**ロベルト**　思い通りにさせる？

**ヘラルド**　妻の意向に添う、というか、我々に、いや正確には、あんたには協力するつもりがある、妻に手を貸す覚悟があんたにある、そう彼女が感じられるように仕向ける。

**ロベルト**　どう見てもこの僕が奥さんに協力できるとは思えないが、何しろこんな仕打ちの下では……。

**ヘラルド**　思い通りにさせる、つまり妻が信じられるようにしてやることなんだ、君こそが……。

**ロベルト**　僕こそが……。

**ヘラルド**　妻に約束してもらった、君がその……告白しさえすればよしとする、と。

**ロベルト**　告白すべきことなんか何もない！

**ヘラルド**　だったら何かひねり出さないと、何しろ妻は君を赦免する気にならないぞ、何もなしでは……。

**ロベルト**　（むっとして声の調子を高める）お宅の女房に許してもらわなくちゃならないことなんぞ、この僕には何もないね。僕は何もしてない、だから何も告白しないし何も協力なんぞするつもりはない。皆無だ、わかったか。（ロベルトの声を聞きつけ、パウリナはテラスの席から立ち上がると男二人の方へやって来る仕草を見せる）そんな馬鹿げた解決策とやらを僕に持ちかけてる暇があったら、気が変になった自分の女房にこんな犯罪まがいの行為をもう止めるよう説得すべきだろうが。このままじゃあんたの輝かしい職歴は台なしになるし奥さん自身の末路だって獄房か精神病院送りになっちまうぞ。そう言ってやれ。それともあんた、まさかあんたは自分の家の中でさえ統制を利かす能がないってことか？

**ヘラルド**　ロベルト、僕は……。

**ロベルト**　こいつはもうとっくに許し難い限界にまで来てるんだ……。

（パウリナ、テラスから家の中へ入る）

**パウリナ**　何か問題でも、あなた？

**ヘラルド**　何の問題もない。

**パウリナ**　だって二人ともちょぼっと《ウン・ポコン》……取り乱してるように見えたわよ。（短い間）あら二人ともスープはすっかりおしまいね。あたしが料理音痴だなんて言わせないわよ、ねえ？　家庭内の我が任務を遂行せんか？　お二人さんコーヒーを御所望？　ああそう言えばドクトルはコーヒーを召し上がらないんでしたわね。あなたに話してるのよ、ドクトル……あなたまさか母上にお行儀というものをからっきり習わなかったの？

**ロベルト**　母を、母をこんなことに引っ張り込むな。母のことを持ち出すなど許さんぞ。

（短い間）

**パウリナ**　全くごもっともですとも。お宅の母上はこの事態と何の関係もないわね。あたしにはとんとなぜだかわからないけど、男たちって誰かの母親を引き合いに出してはしつこくののしるの好きよね、おっ母さんのマンコ《コンチャ・デ・ス・マドレ》、とか言ってね、本来の呼び方の代わりに……。

**ヘラルド**　パウリナ、頼むから、お願いだ、外に出てくれ、僕がドクトル・ミランダとの話を続けられるように。

**パウリナ**　もちろんよ。あなたがた二人っきりにしてあげるからうまいことこの世界を修繕してね。

（パウリナはテラスへと向かい始める。振り向く）

**パウリナ**　そうそう、あいつがおしっこしたいと言ったらあたしに知らせるのよ、あなた、いいこと……？

（テラスに出ると先刻までいた場所に戻る）

**ロベルト**　どこまでも、狂ってる。

**ヘラルド**　狂人が権力を握ったらそいつらに合わせないと、ドクトル。そして目下の場合、彼女が必要としているのは先生の告白なのですよ、それを以て——

**ロベルト**　いやしかし何のために？　いったい彼女の何に役立ちますか、そんな告白とやら……？

**ヘラルド**　私としては彼女の必要というのがわかる気がしますね、というのもそれは、この国全体が必要としているものだからですよ。夕べその話をしたじゃないですか。我々の身に起きたことを言葉に結実させることが必要だと。

**ロベルト**　で、あんたは？

**ヘラルド**　僕が、何です？

**ロベルト**　その後あんたはどうするつもりなんだ？

**ヘラルド**　その後って、何の後です？

**ロベルト**　あんたは女房を信じてる、そうでしょうが？　あんたも僕がクロだと考えてるのか？

**ヘラルド**　もしこの僕があんたをクロだと考えているなら、助け出そうとここで四苦八苦してるものでしょうかね？

**ロベルト**　あんたは女房と口裏を合わせてるんだ。端《はな》っからそうだ。女房が悪玉ならあんたは善玉の役回りってわけだ。

**ヘラルド**　何を言いたいんだ……？

**ロベルト**　役割分担さ、尋問に当たっての、女房が強面《こわもて》、あんたはお優しい刑事役さ。で、その後で僕を殺すのはあんただ、まともに生まれた男なら誰だろうと、妻を強姦しただろう輩に対して間違いなくそうするだろうさ、そりゃこの僕だって女房が強姦されたらそうするはずだ……そういうわけだから、いい加減に茶番はやめようじゃないか。おまえさんのタマをちょん切ってやろうか。（間。ヘラルド立ち上がる）おいどこへ行く？　何するつもりだ？

**ヘラルド**　リボルバーを取りに行くさ、あんたに一発ぶち込むためにな。（短い間。台詞のたびに怒りをさらに込めてゆく）いやはやなるほど物事をよくよく考えてみれば、あんたの助言に従うことにするさ、おまえさんのタマをちょん切るぜ、この救い難いファシストめ。タマをちょん切ってやるってのが本物のオスのしてみせることだっていうんだろ、ええ？　正真正銘ホンモノの男なら侮辱のひとつも投げつけてきた相手に一発撃ち込んでやるもんだ、寝台に縛りつけられて動けない女たちを強姦して回るのが男の中の男ってか、ええ？　俺みたいな腑抜けじゃないってな。俺なんぞ腰抜けの女々しい哀れな御用弁護士さまだ、自分の女房にケッタクソねじ込んだ下司野郎の権利を守ろうっていうんだからな……。おい何回だ、この野郎？　女房に何回尻を振らせやがった？

**ロベルト**　ヘラルド、僕は……。

**ヘラルド**　ヘラルドもクソもあるか、ここじゃ通じないぞ……ここじゃあ目には目を、歯には歯をだ……。それが俺たちの哲学じゃなかったか？

**ロベルト**　さっきのはただの冗談なんだ、僕はただ――

**ヘラルド**　いやいやいったい何でまたお前ごときオカマ野郎のためにわざわざ自分の手を汚すかよ……しかもあんたにたっぷり仕返ししたくてたまらない誰かさんがちゃんと控えているときに？　今すぐその誰かさんを呼んでくるぜ、女房があんたの脳味噌を吹き飛ばして悦に入ったらめでたしだ。

**ロベルト**　呼んでくれるな。

**ヘラルド**　あんたたち二人の間に挟まって仲介役をするのはもううんざりだ。あんたが自分であの女とカタをつけりゃいいだろ、自分であれを納得させろよ。

**ロベルト**　ヘラルド、恐いんだ。

（短い間）

**ヘラルド**　（振り返り、声の調子を変えて）こっちだって恐いんだよ。

**ロベルト**　奥さんに殺させないでくれ。（短い間）彼女に何て言うつもりなんだ？

**ヘラルド**　本当のところだ。つまりあんたに協力するつもりはない、とね。

**ロベルト**　この僕が何をしたのか知る必要がある、そうだろ、何を告白すべきなのかわからないんだから。

僕が彼女に向かって述べ立てるところと本人の経験とは一致しなけりゃいけないじゃないか。もしこの僕がその男なら、何もかも、全部、そりゃ知っているはずだ、しかしね、この僕は何も知らないんだ……。もし間違ったことを言えば、きっと奥さんは僕を……だから君の力添えが要るんだ、君に教えてもらわないと……彼女がこうと望んでいるところを君が僕に話して聞かせてくれないと……。

**ヘラルド**　あんた何言ってるのかわかってるのか、俺に女房を騙せと言ってるんだぜ？

**ロベルト**　無実の男ひとりの命をどうか救ってほしいとお願いしているんですよ、エスコバルさん。（短い間）あなた、私の言を信じてくれていますよね、違うんですか？　この私は無実であると承知しておられますよね、違いますか？

**ヘラルド**　この私がどう考えているか、それがおたくにとってそんなに重要ですかね？

**ロベルト**　もちろん、どうでもよいはずないでしょう？　あなたこそ社会そのものだ、彼女じゃあない。あなたこそ大統領直属の調査委員会そのものだ、彼女じゃあない。

**ヘラルド**　（考え込み、心を痛めた様子で）彼女じゃない、なるほどね……。彼女の考えるところなんぞ屁でもない、とね？

（やにわに立ち上がり、舞台から下がり始める）

**ロベルト**　おいどこへ行くんです？　奥さんに何を言うんです？

**ヘラルド**　あんたが小便したがってると言いに行くんだよ。

（暗転）

第二幕　了

# 第三幕

## 第一場

日は暮れかけている。ヘラルドとパウリナは戸外の、海に臨むテラスにいる。ヘラルドの手には録音機。ロベルトは縛られたまま屋内に留まる。

**パウリナ**　さっぱりわからないわ。

**ヘラルド**　僕は知る必要がある。

**パウリナ**　どうして?

(短い間)

**ヘラルド**　パウリナ、君を愛してる。僕は君の口から直接聞く必要があるんだ。何年も何年も、こんなに何年も経ってから聞かされるのに、よりによってあいつの口から聞かされるなんて真っ当じゃない。そんなの……耐えられないね。

**パウリナ**　あいつの代わりにあたしが話してあげるなら……耐えられるの?

**ヘラルド**　最初にあいつから聞かされるよりはまだしも耐えられるよ。

**パウリナ**　あなたには一度話したでしょ、ヘラルド。あれじゃあ足りないの?

**ヘラルド**　君が切り出したのは十五年前で、そのあと……。

**パウリナ**　あの商売女がいる前で、どうして話を続けられるっていうの、わかってる? あの商売女が顔出したわね、あなたの寝室から、半裸のまま、ダーリン何を手間取ってるの、とか何とか言いながら、あの商売女それこそ……。

**ヘラルド**　あれは商売女じゃない。

**パウリナ**　あちらさん、あたしがどこに居たか知ってたの? (短い間) ああもちろん、もちろんよくよく御承知だったわよね。完璧な売女よ。女のあたしがまさしく身を守れる条件下にないそのときを狙ってその恋人を寝取るなんてねえ、そうでしょ？

**ヘラルド**　その話を蒸し返すのはやめないか、パウリナ。

**パウリナ**　始めたのはあなたでしょ。

**ヘラルド**　いったい何度釈明すれば……ふた月というもの君の居所を探し続けていた。彼女が僕に会いに来て、君の消息を探る手助けができると言ったんだ。それで一緒に酒を二、三杯引っかけて……後生だ、僕だって生身の人間なんだよ。

**パウリナ**　まったくねえ、その間じゅうあたしはあなたのこと守り抜いたというのに、あなたの名前がこの口から漏れ出ることはなかったっていうのに。訊いてみなさい奴に、ミランダの奴に訊いてみなさいよ、あたしが一度だってあなたの名を口にしたことがあったかどうか、なのにそのころあなたときたら――

**ヘラルド**　もう許してくれたはず、君は許してくれたんだったろ、いつまで繰り返す気だ！　僕らこれじゃあ過去をやたら食いすぎて命取りになる、苦痛と非難を投げつけ合いすぎて自分たちで自分たちの首を絞めちまう。十五年前に中断されたきりの会話を最後まで終わらせよう、この章を、これを限りに、すっかり終わりにしようじゃないか、今回を以てこの話は打ち留めにする、そしてもう二度とこの話はしないと決めよう。

**パウリナ**　御破算で願いましては、って？

**ヘラルド**　何もなかったことにはしない、だけど新しくやり直すのはアリだ。それとも僕らひたすら何度も何度も延々同じ勘定を払い続ける羽目に陥りたいかい？　生きなくちゃ、猫《ガティタ》ちゃん、生きる、僕らにはまだ洋々たる前途が待ち構えているじゃないか……。

**パウリナ**　だけどあなたはどうしてほしかったわけ？　あの女の前でいったい何をあなたに話せるっていうのよ？　わたくし強姦されましたってあなたに言うの？　強姦されましたがあなたの名前を吐きませんでしたって言うの？　あの女が聞いている前で？　そうあなたに言って聞かせろと……？　何回なのよ？

**ヘラルド**　何回って何が？

**パウリナ**　あなたが何回あの女と寝たのか訊いてるのよ。何回なの？

**ヘラルド**　パウリナ……。

**パウリナ**　何回なの？
**ヘラルド**　そんな、お前。
**パウリナ**　何回だよ？　あたしがあなたに話すから、あなたはあたしに話す。
**ヘラルド**　（途方に暮れ、パウリナを揺さぶりながら、次いで彼女をかき抱きながら）パウリナ、パウリナ、パウリナ。君は僕をボロボロにしたいのか？　それが望みか？
**パウリナ**　まさか。
**ヘラルド**　お望み通りになるさ。お望み通りになって君はひとりきり、もはや僕の存在しない世界に、もはや僕が君の傍らにはいられない世界に、ひとりぼっちで居残るんだよ。それが君の望むところか？
**パウリナ**　あたしの望みはあなたがあの商売女相手に何回ヤったのか知ることよ。
**ヘラルド**　もうやめておくれパウリナ。これ以上ひと言だって口にしないでくれ。
**パウリナ**　あの女に、前にも会ってたんでしょ、違うの？　あの晩が初めてじゃあなかったわよね。ヘラルド、真実を、あたしには真実を知る必要がある。

ヘラルド　たとえ僕らがボロボロになってもか？

パウリナ　あなたがあたしに話すから、あたしはあなたに話す。何回なのヘラルド？

ヘラルド　二回です。

パウリナ　あの晩ね。じゃあその前は？

ヘラルド　（声をひどく落として）さん。

パウリナ　なに？

ヘラルド　（先刻よりはっきりと）その前に三回です。

パウリナ　そんなに良かったの？（間）それであちらさんにも良かったのねえ、違うの？　あちらさんにも良かったに違いないわ、でなきゃ二回戦に来るはずないもの……。

ヘラルド　パウリナ、いったい君は僕にどんな仕打ちをしてるかわかってるのか？

パウリナ　取り返しのつかないこと？

ヘラルド　（自暴自棄になって）だってこの上どうしたいんだ？　これ以上僕から何

を取り上げたい？　僕ら独裁を生き抜いた、独裁より僕らの方が永らえた、それなのに今、僕ら互いにつぶし合ってる、君と僕とで奴らの代わりに、あのろくでなしどもが僕らにやってのけようとしてできなかったことを、僕ら同士でやってのけてしまうんじゃないのか？

**パウリナ**　まさか。

**ヘラルド**　この僕に君の前から居なくなってほしいのか？　それが君の望みか？　その扉から出ていって二度と姿を見せるなってことか？

**パウリナ**　まさか。

**ヘラルド**　お望み通りになるさ。真実が過剰にすぎるとそれはまたそれで人を殺し得るんだ。（間）君は僕をボロボロにしたいんだな？　僕は君の両手に、赤ん坊みたいに全く無防備のまま、君の手の中に、裸で抱えられてる。君は僕をボロボロにしたいんだな？　僕をいいようにするんだ、ちょうどあの男にするように、君をボロボロにしたあの……。

**パウリナ**　まさか。

**ヘラルド**　君の望みは僕の息の根を……？

**パウリナ**　(囁くように) あたしはあなたに生きていてほしい。あたしの中に、生命あるままあなたが欲しい。あたしの中に入ってきて愛してくれるあなたが欲しい、委員会の一員として真実を守り抜くあなたが欲しい、あたしのシューベルトを聴くときに、そうあたしのシューベルトを取り戻してね、シューベルトを聴くときにあなたが欲しいし、あたしと一緒に男の子を養子に迎えてほしい……。

**ヘラルド**　もちろんだパウリナ、もちろん、愛してるもの。

**パウリナ**　それにあなたの世話をしてあげたい、一分たりとも気を緩めずに、ちょうどあなたがあたしを気遣ってくれたようにね、あの晩以来……。

**ヘラルド**　金輪際あの忌まわしい夜のことは口にしないでくれ。君がどこまでもどこまでも例の晩を持ち出し続けるなら、僕は壊れちまうよパウリナ。僕に壊れてほしいのか？

**パウリナ**　まさか。

**ヘラルド**　なら、僕に話してくれるかい？

**パウリナ**　ええ。

**ヘラルド**　一部始終を？

**パウリナ**　一部始終を。何もかもあなたに話してあげる。

**ヘラルド**　そうだ……それでこそ僕らは先へ進める……。お互い隠しごとせずに、一緒に先へ、あれからここまで何年もずっとそうしてきたように、なあそうだろ、憎しみと無縁にね？　そうじゃないかい？

**パウリナ**　そうね。

**ヘラルド**　録音機にも君の話を聞いてもらって構わないかい？

**パウリナ**　受けて立つわ。

（ヘラルドは録音機のスイッチを入れる）

**ヘラルド**　委員会に向かって話すつもりで。

**パウリナ**　どこから始めたらいいのか。

**ヘラルド**　まず君の名前からだ。

**パウリナ**　私の名はパウリナ・サラスです。現在は既婚者で夫は弁護士のドン・ヘラルド・エスコバルですが、その当時は……。

**ヘラルド**　正確な日付を……。

**パウリナ**　一九七五年四月六日の話です、そのころ私は独身でした。サン・アントニオ通りを歩いていて……。

**ヘラルド**　できる限り正確に描写を……。

**パウリナ**　ウエルファノス通りとの角まで行ったとき、背後から車の音が……男が三人、車から下りて私に銃を突きつけました、ひとことでも発してみなさいな、お嬢さんよ、そしたら我々があんたの頭を吹き飛ばしてやるからな、うちのひとりが耳許で、唾を吐き捨てるかのように、そう言い捨てました。ニンニク臭かったです。自分でもびっくりしたのは男がニンニク臭い息をさせていたことではなくてそんなことに注意を向けてしまう私、その男がさっき食べ終えたばかりの昼食のことなど考えてしまう私、医学部に入って学んであった人体のありとあらゆる器官を用いて今その男が消化活動に励んでいると考えてしまう自分の方でした。

そのあと自分で自分を叱りましたが実際のところ何だかのんびりそんなつまらないことを考えていたんです、わかってはいました、そんな事態に見舞われたら大声を上げなきゃいけないと、皆さん奴らが私を捕縛しようとしてます、自分の名前も叫ばないと、私はパウリナ・サラスです、私は拉致されようとしています、そう周囲の人に知れるよう、それに最初も最初のその時点で叫んでおかないと、もう敗北は決定的だ、とわかってはいたのです、なのに私はさっさと屈服し、何の抵抗もせず自分から奴らに身柄を預け、あまりにもあっけなく奴らの言いなりになりました。これまでの人生を通じて自分はいつもあまりにも従順でした。

（照明落ち始める）

お医者は拉致グループの一員ではありませんでした。
ミランダ医師と初めて接触したのはそれから三日後のことで……。連行された先に彼はいました。

（光はどんどん弱くなり、パウリナの声は暗闇に響き続ける）

私は当初、彼に助けてもらえると思いました。物腰柔らかで優しい人、他の男たちに加えられた仕打ちのあとではそう思えます。そんなとき、急に、シューベルトの弦楽四重奏曲が聞こえました。

（「死と乙女」第二楽章が聞こえ始める）

それが何を意味するか、想像もつかないでしょう、あんな暗闇の中であの、えも言われぬ音楽の調べを耳にするなんて、三日間何も口にせず、体はボロ布のよう、そんなときに――

（暗闇の中でロベルトの声が聞こえる）

**ロベルトの声**　音楽をかけることにしてました、そうすると自分にあてがわれた役目、善人の役回り、まあ仲間うちではそういう触れ込みでしたが、ともかくその役を果たすのに都合が良かったからです、つまりシューベルトを聴かせて私に信頼を置くよう仕向けるという寸法です。そうは言ってもそれは同時に苦痛を和らげてやる一手段でもありました。拘束されている彼らの苦痛を和らげてやれる一手段だと私は考えている、考えているからこそそうしている、そのように彼らに信じ込ませないと。音楽だけじゃありません、私のすることなすことすべてについて。手を染め出した当初からそうするように提起されたんです。

（舞台上の光は皓々と輝く月のように強まる。夜。ロベルトが録音機を前に告白のさなか。もはやシューベルトは聞こえない）

**ロベルト**　拘束したのはいいが、その連中が次々死んでしまうので、こちらにも誰か具合をみてやる人間、なおかつ信頼の置ける者が必要になりました。自分には弟がひとりあり、治安情報部の一員でした。兄貴、親父をひどい目に遭わせた共産主義者どもに借りを返す機会があるんだけど、ある晩そう弟は切り出しました――うちの親父はラス・トルテカスの農園を占拠されたときに梗塞を起こしました。それで半身不随になったんです——言葉を発せなくなった父は両の眼で私の内心に踏み込んで来る、息子よ、お前は父の仇を討つために果たしてこれまで何をしてくれた、まるでそう問い質すかのように。とは言っても話を受けたのはそのせいじゃないんです。人道的な理由からです。我々は戦時下にある、そう考えました、戦時下にあり、奴らは私を、私と私の側にいる者たちを殺したいと思っている、奴らはこの地に全体主義の独裁を敷きたいと画策しているわけだ、しかし、どうあっても、奴らにだってどこぞの医者ひとりに診てもらうぐらいの権利はあるのだと。ちょぼっと《アポコン》ずつでした、それと気づく術がないほどに、もっと慎重に構えねばならぬはずの事態に嵌《は》められてゆき、呼ばれて尋問の場に出向いてみると私の任務は拘束された者たちが拷問に耐えられるか、中でも電気ショックに、それを見極めることでした。初めのうち自分にはこう言い聞かせました、自分が介在すれば彼らの命は助かる、事実その通りでした、何度もあったんです、本当はそうではないのに「これ以上続けると死にますよ」と言ってやったことが、しかしそのうち、自分の内部でも何かが……少しずつ、少しずつ、善かれと奉じていた徳の価値が何か別のもの、何かぞくぞくと興奮をもたらすものに取って代わられてゆき……ついには徳という仮面は私の足許に剝がれ落ち、興奮が表に躍り出て私を、私を、私を押し込め、自分が手を染めている所業の彼方へ、そこに広がる湿地とでもいうべきものの底へ、沈めてしまった……そうして、パウリナ・サラスを診ることになった時点では、もはやあまりにも手遅れでした。遅すぎると言うのでは足りないくらい遅すぎた……

(照明落ち始める)

……足りないくらい遅すぎた。自分は残忍な獣と化し始め、そして真相真相、全くもって残忍な行為に興ずるようになりました。すべては一種のゲームに様変わりしたのです。突如人は好奇心、それも悪趣味と科学的探究の双方にまたがる好奇心に襲われる。この女、どこまで我慢できるか？　前の女より耐性があるだろうか？　性器はどう反応するか？　性器は乾いてしまうか？　こんな条件の下でこの女はオルガスムを感じられるだろうか？　何しろ目の前の女にはお前が試してみたいと思ったことを何でも試してみてよい、相手はお前の全き統制下にある、だからあれもこれも現実からは遊離した思いつきの類すべてを実行に移すことのできる、そうした局面にお前は居合わせる。

（照明さらに落ちゆき半暗がりの下、ロベルトの声は続き、月光が録音機を浮かび上がらせる）

いつからともなくずっと禁じられてきた行為のありったけ、母親から「決して手を出しては駄目よ」と囁きかけられるばかりだったことの一切、それが何でも可能になり、お前は目の前にいる女との夢想に耽《ふけ》り始める、女たちとの夜を。おいおい先生さんよ、そうけしかけられました、タダ肉が食えるのにまさか嫌とは言わんでしょうな、まさかね？　そう私に言い寄った輩は仲間うちで、何と呼ばれていたっけ……そうだ、エル・ファンタと呼ばれていましたが、ついぞ彼の本名を知るには至りませんでした。なあ先生よ、女どもはヤってもらうのが大好きでさ……ここに居る売女どもそっくりみんなグッと来ててさ、おまけに先生がああんなキレイな曲を奴らに聴かせてやりゃあ、間違いなく女どももますますグッと来て先生にぴったりかぶりついてくれますぜ。こんな台詞を彼女たちの居る前で私に言って寄こし、パウリナ・サラスの居る前でもやはり私に言って寄こした、そうしてしまいに私は、しまいに私は……でも決して、ひとりの女性にも死なれはしなかったんです私は……。

(光が再び強くなり、舞台上は夜明けを迎える。ロベルトは縛りを解かれており、録音機から流れる自分の声が語る言葉を紙にそのまま書き留めているその傍らで、ヘラルドとパウリナは録音に聴き入る。ロベルトの前には既に書き上がった紙が何枚も散乱する)

**ロベルトの声**　(録音機から)決して、ひとりの女性たりとも死なななかったんです、男だってひとりも、ともかく私が……同席した場合には誰ひとり。全部で、私が付き添った囚人は九十四人ほどに上り、ほかにパウリナ・サラスがいました。お話しできるのはこれがすべてです。私は赦しが与えられることを冀《こいねが》うものです。

（ヘラルドが録音機を止めるも、ロベルトは書き継いでいる）

**ロベルト**　赦しが与えられることを……。

（ヘラルドが再び録音再生ボタンを押す）

**ロベルトの声**　また私はこの告白が我が後悔の証として資すること、かくしてこの国が平和の裡に和解へと進みつつある徴《しるし》となることを冀うものです。（ヘラルド、録音機を止める）

**ヘラルド**　かくしてこの国が平和の裡に和解へと進みつつある徴となることを。そこまで書き終わりました？

（ヘラルド、録音の続きを再生する）

**ロベルトの声**　……どうかこの先残る人生を……身の毛もよだつ我が過去を秘したるまま……送ることを許されたい。我が良心の声が命ずるところより重き罰はあり得ないのです。

(ヘラルド、録音機を止める)

**ロベルト**　(書き継ぎながら) 良心の……重き罰は……。(ヘラルド、録音機を止めたまま。一瞬の沈黙) ここまで書きました、で次は？　最後に署名ですか？

**パウリナ**　どうぞこう付け足して、私はこれを全く自発の意思により書き記し、いかなる圧力も受けておりませんって。

**ロベルト**　それは当《とう》を得ていないが。

**パウリナ**　なら本当に圧力を加えてほしいの、ドクトル？

(ロベルトは何行か書き足し、ヘラルドに見せるとヘラルドは是認の代わりに首を縦に振る)

**パウリナ**　それでは署名を。

（ロベルトは書面に名を記す。パウリナは署名を確かめ、あたりの紙を集めると、録音機からカセットを取り出し代わりに別のカセットを入れ再生ボタンを押す、するとロベルトの声が流れる）

**ロベルトの声**　音楽をかけることにしてました、そうすると自分にあてがわれた役目、善人の役回り、まあ仲間うちではそういう触れ込みでしたが、ともかくその役を果たすのに都合が良かったからです、つまりシューベルトを聴かせて私に信頼を置くよう仕向けるという寸法です。そうは言ってもそれは同時に苦痛を和らげてやる一手段でもありました。

**ヘラルド**　頼むよ、パウリナ。もう充分だろ。

**ロベルトの声**　拘束されている彼らの苦痛を和らげてやれる一手段だと私は考えている、考えているからこそそうしている、そのように彼らに信じ込ませないと。音楽だけじゃありません、私のすることなすことすべてについて。

**ヘラルド**　（ボタンを押し録音機から流れるロベルトの声を遮る）この件はもう終わっ

た。

**パウリナ**　そう、ほぼ終わりね。

**ヘラルド**　君はまだ、その気になれないのか……。

**パウリナ**　あなたにはすっかり理があるわ。あたしたち取り決めたわよね。（パウリナは窓辺に進み、いっとき波を見つめ、深々と息をつく）こんなふうにして夜明けどき何時間も過ごしていたな、と思うの、夜のうちに潮が置き去りにしたものを、ぼんやりとゆっくりと何とか見分けようと心しながら、あれやこれやを眺めては、あれは何かしらとひとり自問しながらね、そこここに散らばったものを海がまた海へと引き戻していくのかなあ、なんて、そうやって過ごしてた。そして今は……。今はどうかと言えば……。嵐の去ったあとの夜明けってずいぶんと気前がいいのね、波ものびのびとして自由そのものだし……。

**ヘラルド**　パウリナ！

**パウリナ**　（振り返りざま）そうだったわね。あなたが変わらず信念の人だとわかって嬉しいわ。あのね、ここまで来てあの男が本当にクロだとあなたにもわかったでしょうから、あたし思ったのよ、あいつを殺すなってあなたを説得しなくちゃいけなくなりそうだとね。

**ヘラルド**　僕は彼のような人間じゃない。

**パウリナ**　（ヘラルドに車の鍵を投げる）彼の車を探しに行って。

（短い間）

**ヘラルド**　それで彼は？　ここに君だけに見張らせて置いていけって言うのか？

**パウリナ**　あなたはあたしが自分で自分の面倒を見られるほど大人だと思えない？

（短い間）

**ヘラルド**　わかったわかった、僕が車を探しに行くよ……。早まりなさんな。

**パウリナ**　お互いさまでしょ。

（ヘラルド、戸口まで行きかける）

**パウリナ**　ひとつ忘れてたわヘラルド。道具《ガタ》をお返しして。

**ヘラルド**　（ぎこちなく笑い）君は君でシューベルトをお返しして。カセットなら自分のがちゃんとあるだろ。（短い間）気をつけるんだよ。

**パウリナ**　お互いさまだから。

（ヘラルド外出。パウリナは彼を見送る。ロベルトはくるぶしの縛りを解き終えてゆく）

**ロベルト**　失礼だが、奥さん、用を足したくなったんです。ときに、奥さんが私に付き添ってくれなきゃいけない理由はもはやなかろうと思うんですが？

**パウリナ**　動かないでくださいな、ドクトル。私たちにはまだひとつ、ちょっとした懸案が残っているのでね。（短い間）今日は信じられないくらい清々《すがすが》しい一日になるわ。さあてドクトル、今日という日が真相真相完璧な一日となるのに私からするとまだひとつだけ足りないことがあるの、何だかおわかりかしら？（短い間）あなたを殺すこと。私が私のシューベルトを屈託なく、ミランダも同じ曲を聴いているなどと考えずに聴けるようにね、ミランダ医師がこれ以上、私の佳き日、私のシューベルト、私の国、私の夫をその存在によってこれからも汚《けが》し続けることのないように。それがまだ私にはやり残していることなのよ……。

**ロベルト**　（いきなり立ち上がる）奥さん、お宅の御主人はあなたを信じて出かけたんですぞ……。奥さんは奥さんで約束の言質を与えたではないですか。

**パウリナ**　確かにね。でも私が約束したとき実はまだこの私にもちょぼっと迷い《ウン・ポコン》があったの、本当にあなたがあの男だったのかどうか。だってヘラルドの言うことはもっともだったもの。証拠よ、巷で証拠と称するものね……まあね、そのあたり確かに私だって間違いを犯すかもしれないわ、違います？　でもね、あなたが告白に及べば、あなたが告白するところを聴けばきっと……。まさしく告白を聴いて、私の裡に最後までわだかまっていた疑問のあれこれが雲散霧消したのよ、そうなった以上もはや、あなたを亡き者としない限り私は平穏に生きてはゆけないと悟ったのね。（リボルバーをロベルトに突きつけ）末期の祈りと真の悔悛に一分だけ差し上げるわ、ドクトル。

**ロベルト**　奥さん、奥さん……やめてください。私は無実です。

**パウリナ**　自白したでしょうが、ドクトル。

**ロベルト**　あの自白は、奥さん……。自白は作りごとです。

**パウリナ**　作りごとって何の話?

**ロベルト**　私が告白した中身は御主人と一緒にこしらえたものです、私が何もないところからひねり出したところもある……。

**パウリナ**　私にはどこをとっても本物に聞こえたわ、胸が痛むくらい聞き覚えのある話……。

**ロベルト**　御主人が私に指示したんです、何を書かなきゃいけないか、一部は私が創作して……そう部分的には、しかし大半は御主人がこうこうこんなふうにと示唆したところに沿って、要は御主人が奥さん、あなたの身に振りかかったと承知しておられるところを基にして話を合わせたんです、そうすればあなたが私を自由にしてくれるだろうと、妻に殺されないよう計らう手は他にない、と御主人はそう言って私を説き伏せた、それで私はやむなく……あなたはよくよく承知のはずだ、強いられて、人間がどんなことまで言ってしまうか、だけど私は無実です、奥さん、天にまします神に誓って申し――

**パウリナ**　ここで神なんぞ持ち出さないでちょうだい先生、神は実在するや否や、その問いにはあなたもう身を以て答の出せる寸前に来ているでしょ。それよりまさしく実在するのはエル・ファンタの奴よ。

**ロベルト**　奥さん、私には何のことだか……。

**パウリナ**　あなたの告白には何度も登場するでしょそいつ、エル・ファンタよ、図体のでかい、筋骨隆々の、爪を噛む癖のある男、あ、あ、それじゃ正確じゃない、どんな顔して噛んでいたか知らないもの。私がともかく察知できたのはそいつが噛んでた爪っておよそ爪の体を成していなかったこと。

**ロベルト**　私は今の今まで一度だってそんな名前の男性と出会ったことはないです。その名前は御主人が私に伝えただけで、私が述べた内容といったらことごとく、お宅の御主人の助けに負うものに過ぎません……。御主人が戻ってきたら当の御本人に訊いてくださいよ。御主人なら説明してくれます。

**パウリナ**　あの人には何も説明することなどないわ。夫がそう動くだろうこと、先生の命を救うために、私を守るために、つまりは私がこの男を殺さないように、夫がそうするだろうなんてちゃんとお見通しよ、私の告白を利用してあなたの自白をお膳立てするだろうってこともね。あの人はそういう人なのよ。彼はね、自分は他人より賢明だと思ってるの、いつもそうよ、自分は誰かを助けるべく動き回っていなくちゃいけない人間だと思ってるの、いつもいつもずっとそうなの。だからといって私、彼を咎め立てはしないわ、ドクトル。あの人がそうするのも私を愛しているからなの。私たち愛し合っているからお互いに嘘をつくのよ。彼は私を騙した、私を救うためにね。私は私で彼を騙した、彼を救うためよ。でもこのゲームに勝ったのは私。私が夫に伝えてあった名前はね、エル・チャンタだったのよ、いいこと、エル・チャンタ、わざとそうしたの、わざと間違った名前を紛れ込ませてあなたがそれを訂正するかどうか見てやろうと思ったわけよ。そうしたらみごと、あなた訂正してくれたわねえドクトル、あなたったらエル・チャンタの名前を直してエル・ファンタにしてくれた、でももしあなたが無実なら、あのケダモノの名前を訂正するはずなんかないじゃないの。

**ロベルト**　そう言われても、あの名前を私に伝えたのは御主人なんですよ……。話を聴いてください。お願いですから私の話を聴いてください。御主人は最初チャンタと言った、それから前言を翻してその名前はエル・ファンタだったと言い直した。きっとその種の男にはエル・チャンタよりエル・ファンタの方がしっくり来ると御主人は考えたに違いないですよ……。私にはわかりませんよ、どうして御主人が私にその名を……。彼に訊いてください。ともかく御主人に訊いてください。

**パウリナ**　これひとつじゃないのよドクトル、私が夫に伝えた告白にあなたが加えた訂正は。ほかにも幾つか嘘をまぶしてあったの。

**ロベルト**　どれが？　どれです……？

**パウリナ**　ちょっとした嘘、ちょっとした変奏を紛れ込ませたのよ、私がヘラルドに伝えた語りにはね、そうしたら先生、あなた幾度も、いつもいつもというわけではないけれど、でも幾度も、たとえばエル・ファンタがその一例だけど、あなたはひとつひとつちゃんと訂正してくれた。おそらくそうなるだろうとこの私が踏んだ通りにね。でもね、あなたがクロだと判明したからといって殺すわけじゃないのよ、ドクトル。あなたを殺す気になるのはね、おたくがこれっぽっちも悔い改めていないからなのよ。私が誰かを赦せるのは、その誰かが心底悔い改めたときだけ、その誰かが立ち上がって、自分によく似た、己れの同類たちを前にして、自分はこのような行為に及びました、こんな行為をしでかしましたがもう二度と致しません、とそう言明してみせたときだけよ。

**ロベルト**　これ以上何が欲しいんです、奥さん？　あなたはもう、この国の軍政の被害者という被害者がこぞってこれから手にできる以上のものを、既に手にしているじゃありませんか。自白した男が、あなたの足許に、すっかり頭《こうべ》を垂れ（ロベルト跪《ひざまず》く）、ひたすら命乞いしております。これ以上何がお望みなんです？

**パウリナ**　真実よ、先生。私に本当のことを話してください、そうしたら自由にしてあげます。弟を殺したカインが悔悛してこそ自由になれたのと同じくらい、先生も自由になれるでしょうね。神はカインにお与えになった、ひとつの標《しるし》を、誰もカインに手出しすることのできぬよう。悔い改めよ、さすれば汝を自由の身にして進ぜよう。（短い間）十秒間差し上げるわ。いち、に、さん、し、ご、ろく。さあ！　しち。懺悔なさい、ドクトル！

（ロベルトは床から立ち上がる）

**ロベルト**　御免蒙《こうむ》る。懺悔などするつもりはない。どれだけ私が懺悔しようとどこまで行ってもあなたが満足するはずはない。どのみち私を殺すつもりだろう。だったら殺してくれ。もうこれ以上、気の触れた女にここまで屈辱的な扱いをされてそのままにしておくのは許せない。私を殺したいなら、殺しなさい。ただしね、知っておくがいい、無実の男を殺すことになるということを。

**パウリナ**　はち。

**ロベルト**　そうやって我々は相も変わらず暴力に頼り続けてゆくわけさ、いついつまでだって暴力に。昨日はお宅がひどい目に遭わされた、だから今日はお宅がこの私をひどい目に遭わせる、すると明日は……そうやって来る日も、来る日も、来る日も。私には子供がいる……息子が二人に女の子ひとり……。あの子たちが果たしていずれどんな行動に訴えるでしょう、十五年というもの奥さんを探し回って遂に奥さんに出会えたら、うちの子たちは……。

**パウリナ**　く。

**ロベルト**　ああ、パウリナ……。いったい全体、もうこんなことはひと思いに終わらせる秋《とき》が来ていると君の目には映らないのか？

**パウリナ**　だってどうして私？　どうして私が、私が自分を犠牲にしなければならない側なの、どうして？　言いたいことを呑み込み唇を噛むべきなのはどうして私なの？　なぜいつだって私たちなの？　誰かが譲らなければならないというときに譲る羽目になるのはいつだって私たちの側、なぜ、なぜなの？　今回は許さないわ。ひとり、ひとり、たった一例だけでその先はなかろうと、ひとりくらい裁きを受けさせてやる。失われるものが何かあって？　たった一例だけでその先はなかろうと、殺してやる、それで失われるものが何かある？　何かある？　何かある？

（照明は落ちゆき、ほの暗いなかパウリナとロベルトが舞台上に残る、ただしパウリナは銃の狙いをロベルトに定めたまま。全面暗転する前に弦楽四重奏が聞こえ始める。曲はモーツァルトの弦楽四重奏曲《不協和音》最終楽章。パウリナとロベルトは一枚の巨大な鏡に遮られてゆき、観客はその鏡に映る自分たちの姿を見ることになる。ひとしきりモーツァルトの四重奏曲が流れる間、観客はただひたすら鏡に映る自分たちを目のあたりにする）

# 第二場

ゆっくりと、もしくは出しぬけに、そのいずれかは上演時の舞台事情に応ずるが、鏡はコンサート会場のしつらえへと転ずる。第三幕第一場より数ヵ月後。夜。舞台にヘラルドとパウリナ登場、二人とも優雅に着飾っている。本舞台の観客に紛れ、ただし観客には背を向けた形で着席する。この場合、劇場の、同じ観客席から二席をあてがってもよいし、先述の鏡の前に椅子を配し、二人の顔が鏡に映るようにしてもよい。あるいはまた、あまり推奨はしないものの、椅子を観客と向かい合うように配置することも考えられる。演奏の陰でコンサート特有の物音も聞こえる——たとえばそこここでの咳払い、単発の短い咳、曲目案内のプログラムが立てる紙ずれの音、果ては息を詰めたり緩めたりする誰かの気配までも。演奏が終わり、ヘラルドが拍手し始める、とともに明らかにコンサートに詰めかけた聴衆のものとわかる拍手の波が高まってゆく。パウリナは拍手に加わらない。

拍手が収まり始め、全く聞こえなくなると、今度はコンサートにつきものの、休憩に移る折のざわめきへと変わる――さらなるしわぶき、客同士のひそひそ話、ホワイエへと動き出す人影など。二人も席を立ってホール出口へと歩みつつ、周囲と挨拶を交わし、またつと立ち止まっては言葉を交わす。先刻の席からすっかり離れ、舞台上にホワイエと想定される方へ向かうが、その向こうは休憩に出た聴衆が詰めかけている設定とする。会話のさんざめきが聞こえ、また煙草から立ち昇る煙が見える、などなど。ヘラルドはコンサートに来場したはずの客の何人かと話し込む。

**ヘラルド**　（打ち解けた様子で、客たちの輪に入り）やあありがとう、ありがとうございます。いやいやお蔭さまで、報告書はかなり満足のゆくものになりましたよ……。（パウリナは輪をはずれ、軽食スタンドへと歩む。ヘラルドは妻が離れても意に介さず、彼を取り囲む者たちに話し続ける）委員会はすばらしい懐の深さを発揮しましてね、個別に復讐できるものならしてやろうといった衝動とは全く縁を切って仕事を進めてきてるんです。たとえばね、お教えしましょう、この私自身がいつの時点でなるほど、我々が過去の傷を癒すに当たって確かにこの委員会が助けになると悟ったか。調査を始めた初日のことです。年配の女性、マグダレナ・スアレスという名前だったかな、びくびくした様子の漂う、どうかすると不信感の塊とでも言えそうな女性が証言をしにやって来ました。彼女は立ったまま話し始めた。「どうぞお掛けください」そう委員長は声をかけ、椅子をすすめました。その女性は腰を下ろすなり泣き出したんですよ。それから私たちに目を向けてこう言いました──「こんなこと、初めてなんです、委員長さま」、そう私たちに言いました──彼女の夫は九年前から行方不明で、さんざん捜索願やら申し立てやらを繰り返し、さんざん待たされてきたといいます──その彼女が私たちに言うわけですよ、「初めてなんです」とね、「今日まで何年も何年も何年もの間、委員長さま、どなたかが私なんぞに椅子をすすめてくださったのは。」

想像してもごらんなさい、いったいこれまで何年「気ちがい女」「嘘つき女」とあしらわれてきたことか、その人が俄《にわ》かにまた一個の人間として扱われ、自分の身の上を語り、しかも誰もが彼女の話を聴けるように証言できるなんて。私たちはね、亡くなった御主人を彼女に取り戻してあげることはできません、でも彼女に尊厳を取り戻してあげることはできますよ。もっとも蛇足ながらあの女性は決して挫けることなどなかったけれど。あの勁《つよ》さはいやはや全く何ものにも代え難い。（そろそろコンサートが再開されることを告げる鐘が鳴る）いやあ、殺した側ですか……たぶん訊いて来られるだろうとは察していましたがねえ……。こうです、相当数のケースに関しては、委員会が加害者の名を知らないことになっていてもあるいは明かすわけにゆかないとしてもですね……（お菓子をふたつみっつ見繕《みつくろ》い、支払いを済ませたパウリナがヘラルドのそばへと戻る。この世とあの世を二重に背負う月光のような、なおかつそれとなく他と見分けのつく光を浴び、ロベルトが舞台上に現われる。パウリナはまだその姿を目にしない。ロベルトは遠くから、パウリナを、そしてヘラルドを凝視する）ああちょうどよかった、いい子のパウリネタ。それじゃ御同輩、近々うちで一緒に一杯やりませんか、私も今は少し暇になったのでね。うちのパウお手製のピスコサワーは鳥肌ものですよ。

（二人は元の席に腰を下ろす。ロベルトは彼らに続く。同じ列の、二人からは最も離れた席に座り、ひたすらパウリナを眼差し続ける。奏者たちがステージに現われると拍手が起こる。しばし調弦のやりとり。その後「死と乙女」が奏でられ始める。ヘラルドはパウリナに目をやるが、そのパウリナは正面をひたと見据えている。ヘラルドはパウリナの手を取り、その手を握ったまま彼もまた正面を見据える。ややあって、彼女はそろそろと首を動かしロベルトに目をやる、するとロベルトは彼女を見つめている。両者そのまま、何呼吸か置く。それから彼女は姿勢を直し、正面を見る。ロベルトは依然としてパウリナを見守り続ける。照明が落ちても楽曲は響き、響き、さらに響き続ける）

幕

# チリ版へのあとがき（一九九二年）

将軍アウグスト・ピノチェトがいまだチリを不当にも統治し、片やこの身はいまだ亡命と呼ばれる境遇にあった時分のこと、八年後いや九年後になるだろうか、いずれ『死と乙女』へと転生することとなる重い状況設定を、組んでは崩しまた組んでは崩す模索の試行に私は着手した。ある男が車を運転中、幹線道路でちょっとした、だが思いもよらぬ事態に見舞われ困っていたところ、窮地から救ってくれる人物が現われ男を親切に自宅まで送り届けてくれるのだが、男の妻はその善きサマリア人の裡に、十数年前、反体制活動の廉《かど》でその筋に捕らえられた自分を強姦した当の拷問執行者その人を認めたと確信する。罪人と覚しき輩を拉致すると、己れの手によってこれを裁こうと彼女は決意する。

幾度か機会を見つけては執筆机に向かい、その当時は小説になると目していた作品の先を書き継いだ。何時間かすると、どうも納得のゆかない紙葉をそこそこ積み上げたのち、挫折感に圧されては退却するのが常だった。何かがうまく運んでいなかった、たとえば、くだんの女性の夫の具体像が描けなかったし、女性の手になる暴力に夫はどう反応するものか、彼は妻の主張を信ずるだろうかそれとも妻の企てに反発するだろうか、そうしたことが見えてこなかった。あるいはまた、閉所恐怖症を体現する家の中の物語をどうしたら、チリそのものの抱える大きな物語、秘すれどもチリを象徴する歴史とどう結びつけられるのか、それも自分には定かでなかった。

時に、母の腹から赤子が出て来られるよう鉗子を用いざるを得ない局面もある、しかし人生のここまで作家として生きてきたこの期に及んでみれば既に身に覚えがあった、ある種の登場人物たちが生まれてきたがらないとき下手に分娩を誘い出すなら、彼らに有害となり得るばかりか彼らの行く手を取り返しのつかぬほど捻じ曲げかねないと。私の思いついた三人組がこの世の光を目にするには、よりふさわしい時機を待たねばならないのだ。

見立てを踏み越えて、彼らは待たねばならなかった。それは一九九〇年、チリが民主主義へと――そしてこの私自身もまた亡命に終止符を打つ形でチリへと――復帰して初めて、かくも先延ばし先送りにされてきたあの、目鼻つきかねる状況を、文学として如何に育て上げるべきか、私はその鍵を探り当てたのである。

当時我がチリは生きていた、そして目下このあとがきを書き進める今もって生きている、神経を嫌というほど張り詰めさせる民主主義への移行期を――ピノチェトはもはや大統領ではなくなったにせよ、その代わり軍総司令官の座には居座り続け、文民どもが先年まで続いた軍事体制下の人権侵害を罰する気など起こそうものなら脅しつけ、さらには何事かに打って出かねない立場にあった。加えて、混沌を回避し絶え間ない対決衝突を治めるべく新政権は呉越同舟の政治的舵取りを強いられ、あまつさえ司法、市町村や国会の力関係において優位を占めるべくピノチェトが任命済みであったその信奉者たちと波風を立てずに同居せざるを得なかった。その一方、国の経済を仕切り、十七年に及ぶ政治的抑圧の片棒担ぎにして擁護者、従って軍政の受益者でもあった右翼陣営を疎外せぬよう注意深く進むこと、これもまた民主派の課題であった。

選出されて間もないパトリシオ・エイルウイン大統領はこのジレンマに応えるべく一委員会――斯界の敬意を集める八十路の法律家レティグ率いるところからレティグ委員会と呼ばれる――を設置する、そしてこの委員会が独裁下の人権犯罪を、被害者が死亡に至ったか死亡に至ったと推認される事例に限り、調査する使命を帯びた。しかしながら、同委員会の最終報告書は罪に問われるべき者の姓名素姓を明かすこともなければ彼らを裁く権能も欠くはずであった。

かかる委員会は疑念の余地なく、過去の深い傷を塞ぎ癒す道程においては重要な里程標のひとつを構成した。チリ社会丸ごとを標的としたテロルの実相はそれまでも終始我々チリ人の前に存在していたが、人目を避ける断片的な語りに留まっていた。それが遂に、公に認知され、誰にも否定しようのない一国の正史の一部として確立されようとしていた。この真実が共通認識となり皆に分かち合われることこそ共同体が断裂を解消し過去の分断や憎しみを克服するに不可欠の一歩だった。だがしかし、かかる戦略を成り立たせる代償としてついて来るのは加害者への免罪であり、即ち国は正義を欠き、人権侵害に曝されながらも生き残ってしまった十万単位の被害者たち、トラウマと化す体験の主たちの苦悶は忘却へと追いやられる定めだった。

エイルウインの発案は軍部と対決する限りにおいては勇敢、軍部を挑発しすぎないという面では賢明だった。過去形で語られるテロルをことごとく地中に埋《うず》め人目から遮らんと期待する者たちからも、同じく断固としてその全面開示を要求する者たちからも、いずれからも委員会は批判の矢を浴びた。

傍《はた》からとはいえ、労苦をものともしない委員会の仕事ぶりにすっかり我を忘れ目を離せないでいるうち、ゆっくりと私は悟っていった、これだ、ここにこそ、長らく執拗にこの頭を悩ませてきた出口なき物語の鍵が見つかるのではないか——例の拉致劇、例の裁判劇が生起すべきなのは、既に一独裁者の軍靴の下からは離れながら、民主主義に向かう移行の途上にある某国。葛藤に満ち満ちる歴史的瞬間に我が三人組を配置してやれば、時空を超越した意義を彼らに授けてやれる、というのも彼らの行動が実際に形を取る某国にあっては、自分たちの被った損傷を表に出せぬままこれとどう向き合うべきか自問する多くの人を尻目に、己れの犯した罪が誰の目にも触れる形で晒されるのではと恐れつつ生きる別種の人々がいるからだった。例の、拷問被害者たる女性の夫についても、レティグ率いる委員会に似せた委員会の一員に据えるのが、妻とは正反対の役回りを負うにこの上なくぴたりとはまる、そう私には鮮明となった。小説のゆっくりとした語り口以上に、至急この三人が舞台上に生を享け公衆の面前に開かれ、観客の反応を直接ごまかしようのない形で必要としていることに気づくにも、長くはかからなかった。

この企てには危うさもつきまとった。自己の経験則に照らすなら、著者という立場が最良の同盟関係を結べる相手は往々にして距離という名を持つのであって、歴史的に冷めやらず今しも肉を帯び旺盛なる増殖の只中にある出来事と向かい合おうとすると、我々は「ドキュメンタリー」ないし言うところのリアリズム様式を奉ずる眼差しの前にどうしてもすくんでしまう危険がある。登場人物が容赦なくその自由任せに我々を驚かせたり狼狽させたりし、日常生活の表層の下に横たわる底の深い剝き出しの現実を我々に見せつける危険を冒す前に、登場人物の生をもっともらしい状況に当てはめてよしとする誘惑の手に落ちるのは造作もない。おまけに批判の矢が自分に向かって来るだろうこともわかっていた、批判者に言わせれば寝た子を起こすことになる、我々チリ人が何を措いても慎重に、ぴりぴりするくらい慎重になることを求められている、よりによってそのさなかだというのに、テロルと暴力との帰結を観客に思い出させチリ共和国の薄氷の平安をかき乱すとは何事か、と。

にもかかわらず私はこう感得した、もし自分が一市民として責任感と理性を尊ぶ者であるべきならば、表現者《アーティスト》としては我が登場人物たちが全き誕生を要求して上げる野生の叫びに応える役回りとなるはずだ。新生民主主義の「足を引っ張る」ことを惧《おそ》れ自己検閲に陥るチリ人たち、祖国を同じくするかくも多くの我が同胞たちにのしかかる沈黙の重圧を、作家たちまでもが恭しく尊重してはなるまいと。執筆に取りかかった一九九〇年時点で私はそのように熟慮し、この文章を認《したた》めつつある約二年後の現時点でも考えは変わらない、つまり民主主義なるものはそれ自身の抱える惨事と希望の数々を明示直言することを通じ鍛えられ強化されるのである。大混乱大転変の再来を阻止したければ、大混乱大転変の実在に口を閉ざすことでは得られない。

少なくともチリの場合、数多の犠牲者たちにとって唯一かつ真の立ち直りの道とは、あれこれ帳尻合わせをしてみたとて結局のところ、赤裸々にして身の毛もよだつ真実を手にすること以外ない、それが唯一の道であると私には思われた。従って、どんな奇術を弄してかかる真実を霧消させたつもりになろうと、対立を解消するどころか逆に拍車をかけ、長い目で見れば深刻なものに終わらせてしまうはずだった。

私は直感した、この作品を通じ、我々チリ人がなるほど内々には苦渋とともに提起していた、しかし誰の目にも届く遠慮会釈なき光を当て直視することの滅多にない、そうした問いを探り当てることができるのではないか。弾圧を加える側と加えられた側とが同じ土地にともども棲み同じ食卓を囲むことなど可能だろうか？　恐怖が今もってひたとその無言の務めを果たしつつある国において、その恐怖のトラウマを癒す手立てなど見つかろうか？　我々がこれほど嘘に慣れ切ってしまった上で、どうやって真実に到達できるだろうか？　過去に縛られた「過去の囚人」となり果てることなく、それでいてどうやって我々は過去を生き生きと保てるか？　いずれまた繰り返す危険と手を切りつつその過去を忘れることはできようか？　安寧を確保するために真実を犠牲にするのは筋が通るか？　過去の呼び声を圧殺したとき共同体を待ち受ける帰結とは？　常に軍事介入の恐れに取り囲まれる民が正義と平等とを希求しようなど、万が一にもそんな大それたことが可能だろうか？　これらもろもろ所与の条件があってなお、どうしたら暴力を回避できるのか？　いったい如何なる意味において我々は、ひとり残らず皆して何かしら責任を負うのだろうか、直接は見も知らぬ誰かの苦悩に、抱え切れないほどの過ちに、かくも酷い激突へと繋がってしまった大いなる過ちの数々に？　かてて加えてこうしたあらゆる難問のうちでも突出するジレンマとはおそらくこれである――民主主義の安定を全面的に支える礎は国民全体の合意をとりつけることだが、ではその合意を破ることなくどうしたら右に挙げた問いの数々に直《ひた》と向き合うことができようか？

　腰を落ち着け執筆に取り組むこと三週間、『死と乙女』は世界と対峙する準備が整った。チリで舞台に乗せる話が持ち上がったとき企画は問題だらけ、上演といっても成立するやら綱渡りの危うい話、ほとんど実験に近い試みらしいとは程なく知れたものの、それでも観客がこれは受けて立たねばという気持ちになり得る作品、その域には充分達する舞台になるものと考えていた。この作品は危険なまでに剝き出しにするだろう、平穏を装うチリの表層をひと皮めくればその下にはあまりにも多くの対立が、隠されつつも沸騰していると、それゆえこの作品はチリ人多数の心理的治安を脅やかすだろうが、ならばこそまた、不安を覚えた人々がそれまで安住してきた自己の陰の領域に探りを入れ、我々の前にぱっくり口を開けた相矛盾する選択肢の奥深くまで考えを及ばせる、そのための手段になり得る、あわよくばなってくれるとこの私は信じて疑わなかった。こんなにも長い年月留守をした、民主主義を求めてこんなにも長い年月闘ってきた、その挙句『死と乙女』をチリではなく国外で先に上演するなどということになったら不正義にもほどがある。『死と乙女』は私からの贈りもの、帰国を果たした自分が移行さなかのチリに差し出したいと願った捧げものだった。

　チリにおいて本作はどのように迎えられたか、書き上がるまでの曲折そのものを真似るかのように受け止め方も複雑骨折を被り白黒つけ難いそれだった。無料上演の回には貧困地区の住民《ポブラドーレス》たち、当の被害者たち、学生たち——要は、ともかく己れの言葉を広める権力を持たぬ人々、入場料を払う資力に恵まれぬ人々こぞって──が来場してくれた作品に深く突き動かされてくれたにしても、批評家たちは一部例外はあれどおしなべて取るに足らぬ作品とみなし、劇場に通う習慣のある客層の大半は、ややこしい作品にかかずらうより単純に無視する道を採った。二ヵ月したところで我々は終演を決断せねばならなかった。

事態を今から振り返ってみるに、チリのエリート層の大多数に拒絶された理由は大して驚くほどのこともない。ピノチェト信奉者たちにしてみれば、一時代の暴力、そんな暴力が存在したということを彼らは直視もできず相変わらず否定し続けてすらいる有様というのに、その暴力の波及現象をかくも痛々しく舞台化されては不都合に違いなかった。翻って我が同志たち、抵抗運動をともに担い今はチリを統治する側に立つ同志各位にとってもこの作品はさっぱり有難くないものとなってしまった——『死と乙女』は厚かましくも割って入った、複雑怪奇なる移行の道程に、市民一般の側からすると社会生活を成り立たせるために必要な平穏と引き換えに忘却が、いや忘却とまでは言わずともせめて過去の苦しみを先送りすることが第一のはずの、移行の途上に。私は傷口に指を突っ込んだ、だがその生傷はあまりにも多くの人々がもはや乾いた痕跡の装いを被せて済ませたかったそれだった。かと思えば、弾圧をテーマとする作品が溢れすぎた結果もはや世論は食傷気味、よってまさしく我が劇中の弁護士ヘラルドが主張するように、もう頁をめくって次へ進むべき時だと感ずる人々もいた。こんな空気に取り巻かれては、この私もさっさと予見しておくべきだった、これほどまで価値観を揺さぶられる作品に何やらうまく歩み寄れない理由はどうも接する自分たちの側にこそあるのではと問うより、今どき不都合な作品であるとか美的観点からして出来のよくない作品であるとか、観客の多くは作品を責めてよしとしたのだろう。

戯曲の作者が亡命から戻り着いたばかりという要素も助けにはならなかったかと思い当たる。私はまさしく私のものなる社会から離れざるを得なかった、そしてその距離が地元チリ社会の人間集団に経済的にも感情の上でも依存せずに済むことを可能にし、そのお蔭で自分が書きたいと思うことを意のまま向こう見ずな形式さえ踏んで書くことを可能にしてくれた最たる要因となり果てたのなら、当のその距離が、国外で亡命生活を送る自分が亡命者ゆえに享受する特権なり伝手《つて》なりを面白く思わぬ人々から批判を受ける立場へと私を押し出していた。とどのつまり、チリの移行を批判してみせるなど私には容易なことであり、もし移行がうまく行かなければ私はいつでも米国へ舞い戻れば済むこと、だが彼らは状況が少しでも悪化すればその痛みを自らの身体に引き受けねばならないのだった。

かくして、比較して言うなら自分自身の国で『死と乙女』が失敗作と化した事実は、民主化の途上にある社会、それどころか全き民主主義の下にある社会においてさえ、ここまでは許せるがここから先は踏み越えてはならぬという一線、はずれ者の芸術には弁《わきま》えるべきものを弁えてもらわねばという暗黙の合意の存在を際立たせる。本作がそっぽを向かれたことから象徴的に読み取れるのは、少なく見積もってもチリにおいて、おそらくは他の脆弱な民主主義の下でも繰り返される、より一層射程の広い危険な戦略、つまりその狙いは、百花繚乱の芸術表現とりわけ若者たちの生み出す芸術表現を閉め出すこと。チリの表現者、文化創出の担い手たちは己れの祖国内では表現なり作品発表なりの回路にめぐり会えず、かといってチリ国内にはびこる用心第一のケチな風潮にきっぱり背を向けられるだけの国外との接触にも事欠き、チリ国境のさらなる彼方へ作品を運び届ける術もない。チリの外へ移住しない限り彼らは沈黙と自己検閲、そして文化に敵対するだけのちっぽけな空間に閉じ込められて終わり、私がそれを免れたのは何年もの長きに亙って追放の仕儀に遭い幸か不幸かそのせいで自己の文学が地球規模で受け容れられたからに過ぎない。私は『死と乙女』をチリ外の観客にも届けることができ、おまけに公演はとんでもなく歓迎されたが、チリ以外では国際的な成功を収めたことが今度は我がチリに撥ね返り、驚くべきことに権威筋からも報道の世界からも好意的な再評価を得る顚末となった。反響がどれほどのものだったかと言えば、一九九一年三月のチリ初演時にはあれほど本作を足蹴にした当の批評家たちが同じ年の十二月、確かに急ごしらえにして未完成と呼んでよい初演のパウリナ役を務めた女優マリア・エレナ・ドゥバウチェレに最優秀女優賞を授けたくらいなのである。

この先何年か、スペイン語圏アメリカ諸国およびスペインで本作上演が成った際、観客と批評家たちがどう反応するかはまだこれから見極めねばならない。とはいえ『死と乙女』は決してチリの枠内にのみ留まるはずはなく、似たような状況、似たようなジレンマを生きる他の、数え上げるのも大変なほど多くの国々でやはり関心を呼ぶであろうことは明々白々に思われる。同様に、この作品が単に拷問や正義、恐怖そしてある共同体が正気を取り戻す道を探る試みとのみ見られてはならないのであって、本作にはこれまで私の手がけた小説、短編、詩、評論その他を問わず執拗に登場し続けるありとあらゆるテーマが居合わせている。たとえば私の構想するフィクションは、女性が権力を握ったとき出現する世界を思い描いてみることから決して逃れられない。あるいはまた次のような一連の疑問をも振り払えない――我々が便宜上採用した仮面《マスク》がいつの間にか自分の顔と一体化してしまっていたら、人は真実を口にすることなどできようか？　記憶は我々を救うのかそれとも我々を欺くのか、それをどのように弁別し得る？　悪意が幅を利かせる腐った世界の真ん中で、我々はどうしたら無垢であり続けられる？　我々に修復不能の損傷を与えた者たちを許せるだろうか？

これと並行し、『死と乙女』は美とは何かを長らく探究してきた我が人生に、即ち政治的でありながら情宣冊子《パンフレット》に堕すことのない文学を成立させるという我が人生の模索の裡に、しっかりと位置づけられる。大衆に受け容れられ、なおかつ白黒単純には決められない仕掛けに満ちた物語、舞台を見つめる目のほとんどに届きやすく、同時に実験的形式を備える物語、そうした物語をどうしたら語れるのだろうか。

読者諸氏はよく御承知の通り、私が格別の懸念とともに注視してきたのは、この時代をともに生きる我々の想像力にマス・コミュニケーション・メディアがどれほど浸透し、大抵の問題にはお手軽安楽な解決が用意されているとどれほど吹聴してきたか、である。美的感受性を狙い撃つこのような戦略は、私から見れば人類の、困難にして多彩さ入り乱れる人類のありようを軽んじまがいものに作り替えるばかりか、チリに限って言おうがその他の、すさまじいまでの苦悩の時期をくぐり抜け漸《ようや》く浮上しようとする如何なる国の例で言おうが、集団として生きる人々が力をつけ発展してゆく道に立ち塞がり、逆効果をもたらすと思われる。

『死と乙女』において私は、別の道を行こうと決意したのだ。

私が選んだのは悲劇と呼ばれ得るものを書き上げること、少なくとも二千年以上前にアリストテレスがその名で認知した演劇の機能に即して言うのだが――それをともども目の前にする人間集団が、あわれみとおそれとを介して自己浄化できるよう導く、換言すれば、傷ついた昼の光の下でしかと相手をしなければ自らを廃墟へ零落へと差し向けかねない問題群から顔をそむけず、これと共同体が対峙できるよう計らうこと。

どうか、牙を持つ多面体の真実、パウリナとヘラルドとロベルトとが体現し、チリという遥か遠い世界に端を発する真実が、今度はチリ以外の数多の国へ渡り、彼《か》の国々の観客たちが既に経験した、あるいは今しも彼らを待ち構えるジレンマと苦悩とに、しっかり顔を上げて立ち向かう支えとならんことを。

これから劇場へ赴く観客たちに、もしも『死と乙女』が痛みをもたらすのならば、皆さん考えてもください、この作品を書き上げねばならぬ重荷がどれほど私を苦しめたことか、そう声を掛けるのが私にとって唯一の慰めである。そしてもうひとこと、観客の皆さんに思い出してもらいたい、本作はまず何よりも、そして遂にどこまで至っても、ある愛の物語なのだということを。

一九九二年七月

アリエル・ドルフマン

# 日本語版へのあとがき（二〇二三年）
## クーデタ五十年後の死と数多の乙女たち

それは昨日の出来事、だが今日の出来事であっても何らおかしくはない。陽が傾き沈みつつある一日の終わり、ひとりの女性が夫の帰りを待ち受ける。彼女の大地《くに》を蝕んだ独裁政権は先ごろ瓦解したばかり、何もかも行く手は定かならず。女性は心身ともすっかり恐怖に呑み込まれ、他人には話せず彼女の愛する男性とのみ分かち合えるテロルの経験にすくんでいる。これから続く夜に日を継いで彼女はその恐怖と真正面から対決せざるを得なくなり、彼女の信ずるところによれば何年も前に自分を拷問にかけ強姦した張本人であるところの医者を、自宅の居間で裁きにかけようと企てる。さて彼女の夫、何千何万件にも上る前政権下の不服従者殺しを調査する委員会の一員たる法律家は、被告となった医者を弁護すべき立場に立たされ、法の支配に目をつぶれば民主主義への移行をも危険に晒しかねず、またもし妻が医者を殺すに及べば夫たる自分の経歴も先はないがゆえに医者を弁護するものの、過去に傷つき病んだ大地を癒す上では彼とて何ら手の施しようがない。

それは何年も何年も前の出来事でありながら今日起きつつあってもおかしくない出来事、私にはまさしく今このとき似たようなことがどこかで起きているという確信がある。一九九〇年、チリにあって私がこの物語を『死と乙女』と題する戯曲に書き上げたとき、くだんの女性はパウリナという名を得、決して間に合わず常に後れを取ることしか知らぬ正義の裁きをパウリナがひたすら待ち続けるその国は、私自身と不可分の国チリ、あるいは私が生を享けた国アルゼンチンを意味していた。あるいは南アフリカ。あるいはハンガリー。中国でもよい。あの当時からこちら、数多の社会が問いを突きつけられ引き裂かれてきた、その問いとは、過去のトラウマとどう折り合いをつけるか、汝の敵と隣り合いつつ如何に生きるべきか、権力濫用者たちを然るべく裁く一方で我々が前を向いて進むに欠かせない和解の糸目を丹念に紡ぎ上げた成果を台なしにせずに済ませる方法とは……。このたび『死と乙女』の新訳が日本の読者の前に姿を見せようという今日、本作の中核を成す劇《ドラマ》はエジプト、チュニジア、シリア、イラン、ナイジェリア、スーダン、コートジボワール、イラク、タイ、グアテマラ、ニカラグア、ベラルーシなどにも谺《こだま》を呼ぶ。事実、二〇〇一年九月十一日ニューヨークが目を覆わんばかりの攻撃に見舞われて以来、拷問は地球上に蔓延し、世界最強と目される国々、なかんずくアメリカ合州国こそが率先し、自分たちの安心感を確保せんがためにとめどなき人権侵害を正当化しあるいは人権侵害の共犯者と化したからである。力を誇る国々がテロルと闘うに際限なくテロルを行使し、テロルの仇討ちにテロルを大盤振舞いするときては、『死と乙女』の核を成すジレンマはかつて以上に今日、より一層その意味を増していると言ってみたくもなる。

刻々と、それは身近に迫りつつある。

一九九〇年の暮れサンティアゴにこの戯曲を書き上げた頃、本作が地球規模の重みや趣旨をこんなにも備えるとは書き手の自分ですら何も見越していたわけではない。自分にとっての目標――少なくとも、目前に差し迫った目標のあれこれ――は遥かずっと控え目なものだった、もちろん書き手《オーサー》と名のつく何者かが権威《オーソリティ》と離れ真に控え目になり得るとすればの話だが。十七年に及ぶ亡命、民主的に選ばれたサルバドル・アジェンデの政権を転覆させたクーデタから十七年もの歳月を経て自国チリへと戻った身からすれば、この作品は嵐と荒海の体制移行を進むチリへの贈りもののつもりだった。独裁者はもはや権力の座にはない、しかし彼の影響力、彼の弟子たち、彼の汚職腐敗の影は政治という政治の逐一どの局面にも荒々しく上がり込み、囁き声のどんな吐息であろうと、彼の支配であったものに違《たが》う選択肢を編み出そうとする如何なる試行もその手から逃れられない。まさしく今日のエジプトに(あるいはこの件に関してはロシアも然り)見られると同様、チリでは何十年となく特権と弾圧の受益者であった者たちが依然として権力の租界《エンクラーベ》を占有し続け、その飛び地から彼らは経済と司法と軍とを意のままに動かし、何ならいつでも戻る気があるぞ、殺人と略奪と追放の世よ再び、と脅しつけてくるのだった。

あまりにあまりに多くの者は残酷凄惨な過去の繰り返しを阻みたい一心から声を上げずにいる道を選び、一方には前体制と共犯関係にあったことを知られまいと口を閉ざす者たちがいる、かくも込み入った難局にあって作家たる者の責務とは何か、それは隠された真実を白日の下に晒すこと、作家の差し出す鏡に己れを映して見るよう国に強いること、我々自身が如何に損なわれ傷ついているか、かくも長年の嘘とおどろおどろしい恐怖とが何を鋳造し固め上げたか、我々の夢すらもがどんな具合に捻じ曲げられてしまったかを示すことなのだろうと私には思われた。『死と乙女』は処刑執行人たちが今日も我々の間に交じって暮らし、街角では頬笑みかけパーティの場ではカクテルをすすり、我々が車で子供たちを学校まで送りに行けば同じように送りに来ていて出食わす日常を描く、だがそれによって単にチリの傷に指を突っ込んだに留まらず、民主体制を担うエリート層に対しても、新体制の安定を確たるものとし加えて旨み滴る権力のひと切れにありつく代わり自分たちの理想のどの部分を敢えて生贄に差し出したのか、という気まずい問いを提起した。では犠牲者たち、私が最も共感を覚える相手、ひたすら沈黙を強いられ存在を無視され後回しにされ続けてきた人々を窮地に追いやらないかと言えば、私はそう措定もしなかった。強姦され拷問を加えられ、その上裏切りまでも経験した女主人公パウリナ、その彼女の境遇に我が心は悲憤極まるのだが、だがその彼女は同時に、舞台上には三人のうち誰よりも暴力に走る人格として登場し、それゆえ彼女への問いかけは他の二者に勝るとも劣らない難題であった――あなたはあなたを拉致した男たちと同じ部類の人間になろうとしているのか？　あなたもまたテロルの円環にいついつまでも身を預けることになるのか？　もしも向こうが忘却を要求してくるとするならいったいあなたは許しを代価として支払うことができようか？

私は甘かった。我がチリの大地は大きく両腕を広げ、汚れた下着に風を通す可能性に賭けてくれよう、下着をまとう汚れた肌はもちろんのことそれどころかもっと汚れの深い脳や両肺や生殖器官に目を向けるだろうことは言うまでもなく、じめつく泥沼と化してしまった我々の生そのものを直視してくれるだろうと私は考えていた。しかし、長年の対決と痛みなお渦巻く一国にあって、このようなタブーを踏み越えた芝居、痛みの引き連れてくる帰結を追う芝居など創造し提起しようものなら、創り手もまたその痛々しい帰結を身を以て被ることから逃れられるはずはない。チリのエリート層(とは言っても所詮、ともかくも劇場に足を運んでくれた人々のことだが)は私の想い描いた見通しを拒絶した。否、拒絶という言葉はあまりに柔《やわ》にすぎる。彼らは私のしでかしたことに憎悪の目を向け、こき下ろし、せせら笑った。

十七年もの間そこへ帰り着くことを期し努力し続けた私の国に、私の嵌《は》まる余地はなかった。

私は台本を摑むと家族ともどもチリを後にしたが、一九七三年九月十一日のクーデタ後とは異なり生命の危険からではなく、今回は家族と私の精神衛生、倫理観を危うくする惧れからだった。

チリの我が同胞たちが已れには願い下げと処断した作品は世界には受け入れられ、上演はロンドンを皮切りにブロードウエイへと続き、ポランスキー監督が映画化してくれ、日本を含む地球上のあちこちで百を数える言語により何千回と舞台を踏み、手足の指でも足りないほどの賞に恵まれた。

『死と乙女』が発表後これだけの年月を経ても古びず、登場人物三名の生まれる必然を創出した軍事クーデタから五十年目を迎えようというときにあってもこの戯曲が人々を涙させ、観客をわかりやすい解決策のない悲劇と向かい合わせ、昨日の世界が抱えていたのと同じ受難を抱える今日の世界に語りかけるのを知るにつけ、私の胸ははらはらと落ち着かない。あるいはまた、私が手探りで深めようと志した男たち女たちその両者間の関係、記憶と狂気との抜き差しならなさ、暴力の後遺症、真実と語り《ナラティブ》との間の不確かさをめぐる諸問題などが依然として数多の人々の想像力を虜にして離さないことにもやはり私の胸ははらはらと高鳴る。そう、落ち着かずに困るのだが、これもまた、人類が過去から学ぶ術をやりくりできるまでの域に達しておらず、地上から拷問という手段がいまだ廃されておらず、正義は滅多に世に遣わされず、検閲は元気いっぱい、民主主義を備える革命への希望は内から食い破られ歪められ撚《よ》れてしまいかねない、そんな現実を醒めた目で見つめているからでもある。

この胸を押し止《とど》めることができない。『死と乙女』が硬質の光宿る日本語に姿を変え錚々たる書目を揃えた文庫の一員として再び世に出る喜びとともに、私はこう問わずにいられない、今からこの先もまた何年となく自分はあの一文を繰り返し書きつけることになるのだろうか――この物語は昨日の出来事、だが今日の出来事であっても何らおかしくはない。

今日も明日もこの物語が自らを再び、また再び延々と繰り返してゆくのではないかと私は恐れる、そう自分は書くことになるのだろうか？

二〇二三年二月

アリエル・ドルフマン

# 訳者解題

拷問者が音楽好きで自分の子供たちには非常にやさしい人間だという事実は、二十世紀の歴史を通じて明白に証明されて来ました。

ハロルド・ピンター(1)

## I

かつて小・中学校には音楽室なるものがしつらえられていた。教室に入ると、黒板より高いあたりを西洋音楽史年表やら大作曲家たちの肖像やらがぐるり取り囲んでいる。先頭はたいてい鬘を被ったバッハにヘンデル、そこから少しく目を右へ転ずると丸眼鏡にもしゃもしゃ髪のシューベルトが登場する。一八二八年弱冠三十一歳で世を去った才能ならではだろう、大作曲家たちのうちでは書生風の若い顔立ちが目を引くのだった。

音楽の時間に親しむシューベルトといえばまずは「野ばら」「菩提樹」「鱒」など歌曲《リート》から。「死と乙女」もリートとして一八一七年お目見えした。友人マティアス・クラウディウスの詩に寄り添う三分足らずの小品。七年後その前奏部を作曲家が弦楽四重奏曲の第二楽章に組み込んだ結果、作品全体が〝死と乙女〟の別称とともに今日に伝えられる。もっとも当の第二楽章はアンダンテ・コン・モートと指定の通り葬列を送るゆっくりした歩調の変奏曲へと生まれ変わり、第一楽章アレグロ冒頭の劇的な弦の叫びには切迫感において到底かなわない。一九九四年ロマン・ポランスキーがドルフマンのこの戯曲を映画化する際コンサート場面を皮切りとしたのは、悲鳴にも似た弦の叫びを観る者の耳と胸とに突き立てたかったからに違いない。

ロマンと言えば、シューベルトはロマン派の音楽家と分類される。だが彼の生きた時代、欧州には復古主義が隆盛をみ、メッテルニヒ下のウィーンには検閲体制が敷かれた。ロマンの語感とは裏腹に大学生たちの動静を監視すべくブラックリストまで用意されていたという。このリストに名のあった詩人ヨハン・ゼン――彼は官憲に十四ヵ月拘留され「身体の折檻」つまり拷問を受けた――に連座し、一八二〇年三月シューベルトもまた、ごく一時だが逮捕された。(2) 夭逝する作曲家が二十代半ば既に死を意識していただろうことは間違いないとして、弦楽四重奏曲〝死と乙女〟へと進む道程にもしや拷問の影は――間接的にではあれ――つきまとってはいなかっただろうか。

ここに訳出した戯曲『死と乙女』は当初「砕ける月」Luna que se quiebra ないし「月の負う傷」Scars on the Moon の名を冠されていた。場面設定のト書きが月光にことさら演出の注意を喚起しており、アグスティン・ララのボレロ詞に由来する仮題の片鱗が窺える。もちろん月は女性性の象徴でもある。ただしドルフマンは言う、パウリナの独白(第二幕第一場)を書き出すや否や頭の中にシューベルトが鳴り響いたのだと。

作家とクラシック音楽との縁は長く、深い。経緯はその半生記『南に向かい、北を求めて――チリ・クーデタを死にそこなった作家の物語』(岩波書店、二〇一六年、以下『南』と略記)を参照頂きたいが、たとえば九歳にして作曲家アーロン・コープランドと対面している。クラシック好きの昂じた結果、バッハとヘンデル、両巨匠晩年の謎に探偵モーツァルトが挑む小説『アレグロ』(未邦訳、二〇一五年)を思いつく。戯曲はもとより評論、詩、オペラ、小説、新聞雑誌への定期的な寄稿まで手がける彼はラテンアメリカの書き手としてあまりに模範的である。

ともあれ戯曲『死と乙女』の世界的成功にはこの洗礼名が、しかも本人の当初の構想(＝小説)を裏切り戯曲として発表されたことが大きく寄与しただろうことは疑いを容れない。「読む」行為という受け手の沈思黙考のうちに安住するのではなく、その五感ことごとくに場の空気ごと働きかける再現方法、つまり舞台に立つことを作品が獲得した結果、予定調和と見紛う化学反応がそこに生じている。書き手に倣い読み手もまた頭の中に弦楽四重奏曲を奏でることは不可能ではないが、張り詰めた弦の引きずる長音符の落下が断崖を思わせる冒頭何小節かの、劇場空間を切り裂く生々しい音響なくして、戯曲全体を貫く緊張と衝迫力とは保ち難い。決して戯曲が楽曲に依存したのではない。弦楽四重奏曲〝死と乙女〟は二十世紀末の悲劇をあたかも待ち構えていたかのように、超然とこれに憑依した。

拷問は音楽と相性がよい。ピンターの言はまるで映画版ミランダその人を言い当てたかのようだが、別の意味でも拷問は音楽と相性がよい。ラテンアメリカの「汚ない戦争」こと一九六〇〜八〇年代の軍政・内戦期に材を採る劇映画の数々は、拷問室にはラジオがつきものだったと教えてくれる。反軍政派、反体制派、当局からそのように見なされる者たち、さらにはその家族や友人知人に及ぶまで、街頭から職場から自宅から、昼夜問わずむろん逮捕状もなく不当に連れ去られた者たちを仮に「政治犯」と呼ぶならば、政治犯たちは軍・警察・治安部隊の関係施設や「地下拘禁施設（CCD）」へと送られる。この場合、「地下」とは表向きそうは見えないことを意味する。表向きそうは見えないだけで、人里離れた地に置かれるわけでなく住宅街の只中にも何喰わぬ顔で点在、クーデタを経て非合法化された政党の本部・支部あるいは軍政当局に接収・摘発された反体制派の集会場や隠れ家が都合よくCCDに転用された。後述するバレチ委員会はチリ全土に少なくともCCD一一三二ヵ所が存在した事実を認定した。(3)

心おきなく拷問を遂行するには痛めつけられた政治犯が声を上げようとも近隣に聞き咎められない仕掛けが要る。そこで拷問が始まるとラジオの音楽専門局――最も好都合なのはロックである――の放送をボリュームいっぱいに流し隠れ蓑とする手が使われた。同じCCD内に拘禁されている者たちは、大音量が聞こえてくると誰かが拷問に晒されていることを知る。事情が許せば逆に、生《なま》の悲鳴をCCD内にゆき渡らせる心理拷問も充分に有効だった。優美な調べを聴かせ傷ついた肉体を癒し、粉々に砕かれた抵抗の意思に英気を取り戻してやるためとは限らない音楽の効能が、そこにはあった。

シェイクスピアに『テンペスト』を、トマス・モアに『ユートピア』を書かしめた

「新世界《インディアス》」のちのアメリカスは少なくとも五世紀に亙り「旧世界」からのあぶれ者を、右から左から上から下まで匿ってきた。清教徒たちを嚆矢とするキリスト教異端諸派が連綿と流れ着き、近くは南米南部にイスラエルが構想されるかと思えば、メンゲレもアイヒマンもそこから遠くないあたりに潜行する。近代化の名の下、あるいは近代に背を向け、新参者たちはしばしば入植地に集住した。一九六〇年代初めチリ中部マウレ地方に土地を得たドイツ系開拓村コロニア・ディグニダの場合は軍政下CCDの役割をも担い、民政移管後その実態が暴かれるにつれ歴史に深い根を持つこの共同体《ディストピア》を主題とする映画が何本か撮られている。

これを思えばミランダがニーチェを引用するのは偶然ではない。独立共和国チリとプロイセン－ドイツ帝国－ワイマール－第三帝国－東西ドイツ……との骨絡みの暗い過去をたった一語で舞台に召喚し、尊厳《ディグニダ》ある拷問センターはもちろん、これと共犯関係を結んだ軍政、固有名詞に置き換えればピノチェト、後出のハイメ・グスマンやその弟子にして長らく上院議員を務めたエルナン・ラライン（映画監督パブロ・ララインの父）などの名をチリの観客の耳許に否応なく囁きかける。

「グローバル」の語に舞い上がる近代健忘症をよそに、近代を凝縮するラテンアメリカの歴史は世界を過剰なほど内包する。そのお蔭でニーチェその人もまた、心ならずもこの地に足跡を残した。彼の妹エリーザベトとその夫とが一八八六年パラグアイへ渡り、「アーリア人の理想郷」新ゲルマニア《ヌエバ・ヘルマニア》をパラグアイ河支流沿いに開くのである。詐欺まがいの入植勧誘は十年ほどで挫折、エリーザベトは旧世界へ舞い戻りナチス称揚へと突き進む。その先に控えるナチ残党の新世界潜行もコロニア・ディグニダ建設も、前世紀のうちに着々と胚胎されていた。

妹の貢献によりニーチェはナチスを連想させる名と化した。いみじくも当人はアルコールとキリスト教がドイツほど悪徳として乱用されているところはない、と「ドイツ人に欠けているもの」(一八八九年)に警告した。第三の悪徳として急ぎドイツ音楽を付け加えることを彼は忘れなかった。(4)

## II

本作はハロルド・ピンターとマリア・エレナ・ドゥバウチェレに捧げられている。

二〇〇五年にノーベル文学賞を受賞した劇作家・俳優ピンターの令名はつとに知られ

るところだが、門外漢がピンターについて調べれば調べるほどドルフマンとの宿縁が次々浮かび上がった。両者の交点はその似通った出自に始まる。ピンターは一九三〇年十月ロンドン生まれ、ドルフマンは大西洋のはるか南、ブエノス・アイレスに一九四二年五月生まれ落ちる。その出自を遡るとピンターの祖父母四人のうち三人がポーランド、ひとりはオデッサ出身のいずれも東方ユダヤ人《アシュケナジ》、片やドルフマンはオデッサ出身の父を持ち、母は現モルドヴァ共和国のキシニオフ生まれ。本人の一世代前がロシア語やイディッシュからスペイン語に乗り換えた家庭環境に育った。一四九二年以降ユダヤ出自は環大西洋世界にあってはさして珍しくない。ゆえに両者の出生地が入れ替わっていても何ら不思議はなかっただろう。大英帝国の後ろ盾（又の名をインフォーマル・インペリアリズムという）が十九世紀後半アルゼンチンの繁栄《ボナンザ》を支え、ロンドンに本部を置くヒルシュ男爵のユダヤ植民協会（JCA）が東欧・ロシアのユダヤ教徒たちを数多くアルゼンチンへ誘《いざな》ったことも、覚えておいてよい。

両者の人生が交錯するのは一九六八年。交錯といってもまだ一方的なそれではある。

世界史上初の「選挙による社会主義政権」と形容されるアジェンデ人民連合（UP）政権発足後、文化政策の面から政権を支えるドルフマンはベルギーの社会学者アルマン・

マトゥラールとの共著『ドナルド・ダックを読む』(一九七二年、邦訳一九八四年)を発表、一躍世界に名を馳せた。カルチュラル・スタディーズの元祖にしてメディア研究を先取りしていたとも言える同書はしかし、彼のデビュー作ではなかった。

少年ドルフマンは人形芝居風の仕掛けを自作し、両親や御近所を集めて披露しては悦に入る、一風どころか相当変わった子供だった(『南』第六章)。先述したクラシック音楽や造型芸術に加え演劇への強い関心は、大学の卒業論文にシェイクスピアを選ばせ、ピンター論こそ彼の初めての著書となった(『南』第十二章)。一九六八年チリ大学出版部から公刊された『四方を壁に囲まれた不条理人間——ハロルド・ピンターの演劇』は劇作家ピンターの初戯曲「部屋」The room(初演一九六〇年)を論ずる。本格的なピンター論が世に出るのは英語圏でさえ一九七〇年前後というから、(5) 如何に青年ドルフマンが英語圏事情に通じていたとはいえ着眼の早さは尋常ではない。ヤンキーUSAの大衆文化にほとんど魂を吸い尽くされた奇嬌な十代(『南』第四、六、八章)を過ごした彼だが、劇作家としてはシェイクスピアを祖父に、ピンターを父に得たと評してよかろう。

それだけではない。『死と乙女』の構想が戯曲テクストに結実するまでの難産ぶりは本人あとがきに譲るが、その上演には次なる困難が立ちはだかる。ピンター論公刊からほぼ四半世紀とピンター没後三年弱を経た二〇一一年十月、ドルフマン本人が『ザ・テレグラフ』紙に寄せた手記から、(6) 少し長くなるがあらましを紹介しよう。

南半球が夏へと向かう一九九〇年十月初めのこと、民政移管後半年ばかりのサンティアゴに「砕ける月」スペイン語稿を書き上げたドルフマンの許へロンドンの視覚芸術界を牽引するインスティテュート・オブ・コンテンポラリー・アーツ(ICA)から連絡が入った。ヴァーツラフ・ハヴェル企画、ICA主催の反検閲キャンペーン公演に彼の既発表作「ある検閲官の夢」を採り上げるとの報せだった。「実は書き上げたばかりの新作がある」と持ちかけると先方は差し換えを快諾してくれたため、英訳台本を急ぎ仕上げ本人も朗読《リーディング》公演(十一月三十日)に合わせ渡英、初めてピンター夫妻と親しく語る機会を得た。会食の席上ピンターから「一九八四年に発表した『景気づけに一杯』One for the Roadを知っているか」と問われる。同作未見だったドルフマンが恐縮しているとピンターは「続編を書くべきだとフィリップ・ロスに言われたのだがもう不要だ、代わりに君が書いてくれたからだ」と笑って続けたという。

「砕ける月」のパウリナは「景気づけに一杯」に登場するジーラの「その後」だとピンターは示唆したのだろう。小稿冒頭に引用したのはまさしく尋問劇「景気づけに一杯」への自作解説の一部である。同作発表の翌八五年ピンターはアーサー・ミラーとともに世界ＰＥＮの特使としてトルコを訪問、このころから作品の政治色が急速に強まるというのが通説らしいが、[7] ピーコックによればピンターの国際政治＝米国による介入干渉への関心はそもそも一九七三年九月十一日が萌芽であったという。[8]

朗読を聴いた評論家ジョン・バージャーから改題を助言され、英語版台本はピンターも関与していた月刊誌（当時）『インデックス・オン・センサーシップ』一九九一年六月号に『死と乙女』暫定稿として発表された。

『インデックス・オン・センサーシップ』1991 年 6 月号

ＩＣＡ公演から何週間か後サンティアゴのドルフマンはピンターから国際電話を受ける。「演出家ピーター・ホールが『死と乙女』上演に意欲を見せている。」朗報だったがホールの演出案と結末の解釈をめぐり意見が合わず、計画は頓挫。するとピンターは改めてロンドン国際演劇祭への採用をロイヤルコート劇場に掛け合ってくれた。『死と乙女』を強力に後押しすべく自ら新作寸劇《スケッチ》を提供するとの厚遇まで付して。

かくして『死と乙女』はロイヤルコート小ホールでの正式公演に向け大きく一歩踏み出すが、リハーサル中に再び結末をめぐり演出・制作側と演者たちとの間で議論が紛糾、主演女優から「至急ロンドンへ駆けつけられたし」とドルフマンにSOSが届く。自作『谷間の女たち』リハーサル立会いのためロサンゼルス滞在中の身ゆえ時間的にも金銭的にもロンドンへ飛ぶ余裕はないとあきらめかけた本人の許へ、何と急遽ロイヤルコート側から航空券が送られてくる。篤志家の寄付と説明されたが、ドルフマン自身はピンターが匿名の篤志家だったに違いないと信じている。

一九九一年七月四日に幕を開けた小ホール公演が好評を博したおかげで『死と乙女』は十一月四日以降ロイヤルコート大ホールへとハコを移して続演され、ローレンス・オリヴィエ賞最優秀作品部門(九二年)に輝いた。これがさらにグレン・クローズ、リチャード・ドレイフュス、ジーン・ハックマンというハリウッド・スターたちを配する九二年のブロードウエイ公演にも道を開いたのだから、なるほどピンターなくして『死と乙女』なし。そもそもドルフマンが『ザ・テレグラフ』紙に手記を寄せたのも、ロンドンはウエスト・エンドの老舗劇場コメディ・シアターが二〇一一年九月ハロルド・ピンター劇場と改名され、いわば襲名披露興行の第一弾として『死と乙女』再演(十月二十四日—翌一月二十一日)が組まれた宿縁の成せる業だった。

ところでピンターがプレミアとして添えてくれた寸劇は題して「新世界秩序」The New World Order、これは一九八九年十二月ゴルバチョフとのマルタ島会談直後、堂々とパナマへ攻め込んだ父ブッシュの空疎なスローガンに由来する。ロイヤルコート小ホールでの初演は『死と乙女』にやや遅れ、七月十九日のことだった。「新世界秩序」に言及するピンター研究書は当然のことながらほぼ必ず『死と乙女』との因縁に触れるが、ここに些事をもうひとつ指摘しておきたい。七月十九日とは一九七九年のその日、中米ニカラグアからソモサ一族を叩き出したサンディニスタ革命の記念日である。八〇年代中葉(あくまでも八〇年代中葉の)ニカラグアとの連帯運動に大いに精力を傾けていたピンターにとって、新作をドルフマンに手向けるとともに、その初演日を七月十九日に合わせることにも何がしかの意味があったものと推察できる。

同じころメキシコの作家カルロス・フエンテスはラテンアメリカへのピンターの傾倒を踏まえ、「ピンターの英語」と「われわれのスペイン語」との補完関係を論じている[9]。

そこに——もちろんピンターが「スペイン語で書く」ことはなかったが——英語とスペイン語、スペイン語と英語の間を往還するドルフマンとさらに通底する何ごとかを見出すこともできようか。今後の研究に期待したい。

では献辞に名のあるいまひとり、女優マリア・エレナ・ドゥバウチェレに登場願おう。パリ暮らしの長い奇才アレハンドロ・ホドロフスキを除けば、クーデタ前後を描くチリ映画「マチュカ」の続編と言うべき「1976」により二〇二二年十一月東京国際映画祭最優秀女優賞を得たアリネ・クッペンエイム＝グアルティエリ、セバスティアン・レリオ監督「ナチュラルウーマン」に出演したトランスセクシュアル女優ダニエラ・ベガらが近年チリ出身映画人として辛うじて日本にも紹介された。だがチリの演劇事情となると太平洋を挟んだ「だけ」の隣国とは思えぬほど日本語世界には遠い。その現実に鑑み、やや周辺にも風呂敷を広げた紹介をお許し願いたい。

一九九一年三月『死と乙女』チリ初演時の主役を務めたマリア・エレナ・ドゥバウチェレは一九四二年、首都より南に四百キロ強離れたコンセプシオン市生まれ。五〇～六〇年代チリでは大学を拠点とした実験演劇が盛んになり、兄三人(エクトル、ウンベルト、ウゴ)は十代から地元の舞台に立つ。五三年一家を上げ首都へ移ると彼女も兄たちを追い、チリ大学実験劇団や兄たちの旗上げした「四人組劇団」に身を投じ、国内外への公演旅行に参加。七三年九月十二日政治犯収容所と化したチリ・スタジアムに連行され命を絶たれる歌手ビクトル・ハラもこの時期は舞台演出家・俳優として鳴らし、ドゥバウチェレ兄弟とも親交があった。(10) 二十世紀中葉チリ演劇界の活況ぶりが窺える。

六〇年代に入ると兄エクトルは同名戯曲を映画化したラウル・ルイスのデビュー作「スーツケース」La maleta(一九六三年)に主演する。ラウル・ルイスの名はM・プルースト『失われた時を求めて』を原作とする「見出された時」や「クリムト」ほかにより、フランス映画界の巨匠として日本にも伝わるが、アジェンデと同じく社会党に属したルイスはクーデタ後パリへ身を寄せたのだった。不条理劇の極を行く「スーツケース」のフィルムは長らく行方不明だったが二〇〇八年に発見され、監督自身が修復・音入れに当たった短縮版は二〇一五年山形国際ドキュメンタリー映画祭のラテンアメリカ特集部門において(ドキュメンタリーではないものの)奇跡的に公開された。

ドゥバウチェレ家の政治的態度は明確だった。兄たちはアジェンデ与党たる人民連合を構成する政党の活動家でもあり、マリア・エレナは社会党員にしてやはり演劇人のフリオ・フングと結婚。勃興しつつあるテレビの世界も含め、兄妹たちと緊密な協力関係を保った映画人には後年亡命先フランスで「サンチャゴに雨が降る」を完成させるエルビオ・ソトもいた。

マリア・エレナは夫や兄たちとクーデタ後ベネスエラの首都カラカスに亡命。彼らの「四人組劇団」はベネスエラを代表する劇団とみなされる地位を築き、八三年には兄エクトルが同国最高の芸術文化賞オジャンタイ賞を授けられた（その直後エクトルはカラカスで殺され、死の真相は必ずしも明らかでない）。

一九八四年マリア・エレナと夫フリオは当局から帰国を許され、舞台人としての活動をチリ国内で再開する。この時期の主要公演にはドルフマンと同じ政党ＭＡＰＵ（統一人民行動運動）に属していたアントニオ・スカルメタの作品『燃える忍耐』（映画「イル・ポスティーノ」の原作）が挙げられる。そして民政移管から一年を刻む九一年三月、後述するレティグ委員会の報告書を受け大統領エイルウインが全国一斉テレビ放送に臨むのとほぼ同時に、マリア・エレナ演ずるパウリナが舞台に立ったのである。

先を急ぎすぎた。弾圧の最も激しかったクーデタから七六年にかけてとは比べものにならぬとはいえ、一部亡命者の帰国が許されたのちも反対派狩りは続いた。八四年十一月から八五年半ばには戒厳令が復活。このとき密かに帰国した映画監督ミゲル・リティンの冒険はガブリエル・ガルシア＝マルケスの筆により『戒厳令下チリ潜入記』としてまとめられ、日本にも届けられた。戒厳令下というのに八五年三月には後述する「首掻き死体事件」が起きている。このころドルフマン自身が帰国を試みるも思うように運ばず、片や武装組織マヌエル・ロドリゲス救国戦線（FPMR）がピノチェト暗殺未遂に及ぶなど、政情は冷え込んでいた。

八七年十一月には舞台人七十七名に「命が惜しければ一ヵ月以内に国から去れ」との脅しがかけられた。このとき、スーパーマン俳優クリストファー・リーヴにチリを訪れ俳優組合との連帯集会に出席してもらえるよう米国で説得・奔走したのはドルフマン夫妻だった。サンティアゴではマリア・エレナやフリオ・フングがスーパーマンに同行。アジェンデ時代、アニメのマイティ・マウスやディズニーはたまたマーヴェルのキャラクターたちを糾弾したチリがスーパーマンに助けを求めるとは、今から見れば御愛嬌と映らなくもない。

翌八八年十月、現職大統領の一方的任期延長が国民投票で何とか否決され、民政移管への道が勢いづいた。ただしピノチェトが軍最高司令官の地位に留まり続けるとあっては、民政移管も文民統制もお飾りに終わりかねない。チリより三歩先をゆく隣国アルゼンチンでは民政復活後もクーデタ未遂が繰り返された。一九九〇年十月半ば、よちよち歩きの民政を後押ししようとアムネスティ・インターナショナル主催のサンティアゴ・コンサートがスティング、ジャクソン・ブラウン、ピーター・ガブリエル、シネイド・オコーナー、ルベン・ブラデスほかを一堂に集めて開かれる。その直後、ドルフマンの許へ「パウリナを演じたい」とマリア・エレナが申し出る。彼女の意思は揺るがなかったものの上演への道は険しく、当初ミランダ役に決まっていた男優がやはり軍を刺激したくないと降板、次いで「人権派弁護士が二股男では」とヘラルド役の男優が難色を示し降板、文字通り「急ごしらえの舞台」とならざるを得なかった。

ときはレティグ報告書がエイルウイン大統領に提出され政府の反応を待つという時期、役者たちに身の危険を覚えるなと言う方が無理である。チリ版あとがきに本人の吐露するところ、即ち昨日までの亡命者が差し出す手にチリ社会がすぐに応ずるとは限らないことも理解できるが、かといって亡命者たちが国外で安泰だったわけではない。クーデタ後、まるでその記念とでもいうのか、七四年九月護憲派の将軍カルロス・プラッツとその夫人が亡命先ブエノス・アイレスに、七五年十月にはキリスト教民主党内でもクーデタ直後から反軍姿勢を明言した大物政治家ベルナルド・レイトンがやはり夫人ともども亡命先のローマに、七六年九月にはアジェンデ期に閣僚・大使職を歴任した社会党員オルランド・レテリエルがワシントンDCの大使館街に、ほぼ一年おきにそれぞれ命を狙われた(レイトン夫妻を除き爆殺が成功)。国外にいようと反軍政活動に挺身してきたドルフマンが亡命生活十七年を憂いなく過ごせるはずはない。ただ、訳者の知る限り――それは『南』の随所に読み取れる――ドルフマンは自身が「暗殺の標的」となり得ることを意識しつつも、その自意識が無用のヒロイズムに転ずることなきよう、自戒の上にも自戒する術を弁えた書き手なのである。

何にせよマリア・エレナを主役にサンティアゴの目抜き通りの一、ビクニャ＝マッケンナ大通りに位置するテアトロ・デ・ラ・エスキナが初演劇場に選ばれたことはドルフマンに格別の感慨を呼び起こした。同じ大通りのほぼ一区画丸ごとを敷地とするアルゼンチン大使館こそ彼自身が亡命行の第一歩、行く末定まらぬその身を預けたアジールだったのだから。ラテンアメリカ各国に駐在する外交団とりわけ欧米およびラテンアメリカ諸国の大使館が抱える重要な任務とは、いつ何時起きるか知れない任地の政変に備え、政治的庇護を求めて大使館の門を叩く亡命希望者を適切に処遇することである。日本大使館はまずそうした心配に煩わされることがない。

二ヵ月というチリ初演期間はことによるとかなり長期の興行と映るかもしれない。ラテンアメリカの舞台興行はたいてい木曜の夜から金、土、日と続き、マチネは珍しい。従って二ヵ月といっても公演回数は実質三十回程度と見込まれる。伝統的な劇場文化は全くの夜の世界、八時九時の開演はざら、しかもそこはラテンアメリカ、なぜか待たされることも珍しくない。本作終結部に描かれるコンサート幕間の情景に似て、重要な社交の場ともなるから、帰りの足を気にしなくてよい階層でなければ既存の劇場におそれと足は向かない。なるほどチリ初演の評判は芳しくなかったかもしれないが、先行き全く不透明であった現地の政情――開演からひと月、四月一日にはピノチェトのブレーンであった有力政治家ハイメ・グスマンがＦＰＭＲに暗殺される――を考えれば、主演女優に授与された賞の重みを割引いて受け取る必要はない。

## Ⅲ

『南』の訳出刊行後も東京ではドルフマン作品の公演が相次ぐ。にもかかわらず、劇作家として（劇作家としては時に「ドーフマン」と表記される）一躍名を上げた本作について言えば日本初演に合わせ劇書房から刊行された青井陽治訳（一九九四年）が絶版と化して久しかった。このたびクーデタ五十周年を前に岩波文庫版として「復刊」が成るのは渡りに舟、演劇には蒙い訳者でもスペイン語原典からの翻訳に寄与できるのはありがたい。会話体から成る文字テクストを初めて手がけるとあって、訳業に着手して何日かは「舞台にそのまま移せる台詞回し」を心した。

あえなく目論見は費えた。二言語使いの才人がスペイン語から英語へ、あるいは英語からスペイン語へ、主著を自ら往き来させてきた経緯を知るだけに、『死と乙女』もスペイン語原典と英語版とではよい意味で同工異曲であろうと目星はついていたものの、いざスペイン語底本を繙いてみると第一幕第一場の「夫婦の会話」からしてあまりに生々しく、演者の便宜を図りつつ、換言すれば音声効果を優先しつつ原語の含みを保持することは訳者の力量ではおよそ無理と悟った。ままよ、どのみち日本語社会がこの戯曲を舞台に乗せるとき今後も英語版が底本となることは十中八九揺らぐまい、ならば本書は作家が志したチリへの捧げもの、スペイン語原典原文の意趣をできる限り尊重することに徹しよう。本書は「読まれるための」戯曲として存立し、本作舞台に立ち会われた読者のうちに新訳に違和感を覚える向きがおられてもやむを得ない。

訳出はスペイン語原典として最初に世に出た一九九二年刊ブエノス・アイレスのエディシオネス・デ・ラ・フロール社版を底本とし、ほかに九五年刊マドリードのオジェロ&ラモス社版、九七年刊サンティアゴのLOM出版社版、英語版として前述のインデックス版および九四年刊ペンギン・ブックス[11]版などを参照した。クーデタ五十周年にちなみ、チリ国内向けのLOM版より九二年時点の本人あとがきを訳載するとともに、文庫版へのあとがきを改めて依頼した。

本作に限らず現代英語とヨーロッパ諸語との近くて遠い関係は、まず二人称に顕われる。スペイン語使用者なら、単純な二人称単数 tú と形の上では三人称単数ながら実際には目の前の相手を指す敬体 usted とを普通「相手に応じ」使い分ける。本作では男同士が tú と usted のどちらで相対するかによって、同一人物への心理の変化遠近が書き分けられている。たとえばヘラルドが「弁護士と依頼人のように」(八六頁)と台詞上明らかに距離を置く場面ならともかく、you 一本槍の英語テクストでは表向きその変化は見究めづらい。第一幕第二場、男二人が意気投合するいかにも居酒屋談義風の場面では、当然お互いを tú 扱いすることになる。

困ったことに日本語には男女間の呼格の不均衡が埋め込まれているため、パウリナがヘラルドとミランダに対して用いる二人称の違いは日本語上切り替えを示しづらい。パウリナは一貫してミランダを usted 扱いするが、彼に対する彼女の心理は大きく揺れ動くはずと考えられ、一人称の逆転にその揺れを投影させてみた。自分のことをよそ行き風の「私」に託すパウリナがある時点から「あたし」と自称し世界に一歩にじり寄る。『南』における一人称複数に次ぐ訳者の恣意的操作であることをお断わりしておく。

言語間の異同について幾つか具体例をみよう。単純な例としてマルガリータとディズニーランドが挙げられる。パウリナお得意の(とヘラルド御自慢の)カクテルは英語版ではマルガリータ。英語圏のみならず世界的にテキーラ・ベースの一品として名高い。対する原典ではピスコサワー。ピスコとはペルー中部の地名に由来するぶどうの蒸留酒、これに柑橘類の果汁とメレンゲを加えたカクテルが「ピスコサワー」として知られる。英語圏向けにはマルガリータの方が通りがよいとの判断だろう。もっともペルーとチリの間にはピスコの原産地論争が長らくくすぶり、ピスコサワーが本作で三度に亙り強調されるのはドルフマンの「ピスコ＝チリ原産」説への肩入れを、それとなく示すのかもしれない。ディズニーランドはといえば原典にのみ登場する。英語版のミランダ医師が運命の晩〝単身〟だったのは妻と子供たちが里帰り中のためだが、本来彼らはディズニーランドへ遊山に出かけていた。ここは唯一、チリあるいはラテンアメリカの観客なら思わず笑いを誘われるくだりではないか。その理由は言わずもがな。

右二例はいずれも英語圏向けの微調整だが、著者が断固として「現場の助言」を受け容れなかった固有名詞もある。第二幕第一場後段に登場するカフェ・タベリがそれである。このサロンは高級住宅街を中心にサンティアゴ市内に点在する。地元民にはすぐそれとわかる目印だが逆に響く範囲は限られ、しかも誰にでも知られているのは「誰もが気軽に利用する」からではない。利用客は概して中から上の市民に限られる。

ブロードウエイ上演に向け、演出家マイク・ニコルズはタベリを「オペラ坐」に差し換えようと考えた。タベリのままでは米国の観客にピンと来ないことを危ぶんでである。この時はドルフマンが譲らなかった(12)。カフェ・タベリはどうしてもカフェ・タベリでなければならない。時空をどれほど限定しようとカフェ・タベリはチリ社会の被る仮面として、しかも仮面のはずがいつの間にか自分の顔そして人格《ペルソナ》に食い込み剝ぎ取ることのできなくなった経済万能シカゴ・ボーイズ天下の商標《ブランド》として、作品に刻印されるべきだったのである。

パウリナを含むタベリ組の名誉のために付け加えるなら、ここに出入りする名家の構成員たちが軍政の課す拷問から自由とは限らない。ドルフマンと同じくＭＡＰＵの活動家だったエウヘニオ・ルイス＝タグレ＝オレゴが不幸にしてその好例である。チリ独立期の有力者フランシスコ・ルイス＝タグレ＝ポルタレスに連なる家系の一員エウヘニオはクーデタ発生時二十六歳、北部アントファガスタのセメント工場を統括していた。「死のキャラバン」作戦を遂行する空軍兵士たちから執拗な拷問を受け、ほぼひと月後に絶命する。ドルフマンの見立てでは、彼の場合その家名がむしろ兵士たちの恨みを買い、他の囚人たちより念入りに拷問される運命を引き寄せてしまった[13]。

おそらく名門出身ゆえエウヘニオは行方不明となる運命を免れ、遺体は母親に引き渡されたが、その顔からは片目が抉《えぐ》り取られていた。民政移管後二代目の大統領エドゥアルド・フレイ＝ルイス＝タグレは従兄に当たる。

言語間の異同に話を戻そう。たった一語にして印象の大きく隔たる場面がある。ひとつは女性複数。英語版の the relatives が底本には las parientes とある。ラス・ベガスのラス即ち冠詞の女性複数は親族といっても女たちのみを明示する(二三頁)。誤植の可能性を排すべく作家に確認すると、間違いなくラスだとの答を得た。女たちを強調する姿勢は行方不明者の大半を占める男たちを女たちが探し歩くこの時代の風景を浮き立たせる。『死と乙女』に先んずる戯曲『谷間の女たち』の原題も女性複数の *Viudas*（やもめたち）。『南』あとがきにも触れたが、本来は男女対のダンスを女たちだけで踊る「女たちのクエカ」が軍政への黙しつつも強烈なる抗議を意味する所以である。

さらにその直前、委員会の権能を述べるヘラルドの口ぶりが一歩一歩釈明がましさを帯びると、パウリナが割って入る――「縛られてる」。英語版では Allowed.、既訳では「許されている」だが、このくだりはヘラルドの後退ぶりから明らかなように委員会の手足が縛られていることを示し、暫定稿にも Tied up. が用いられていた。書き手の真意を問うと、この前後の一人称複数はパウリナをも含んでいるという。とすれば「僕たちは」「許されたはずよね」と踏み込んだニュアンスか。一方スペイン語の Atados. はフランコの自然死により内戦終結以降の権威主義体制（一九三九―七五）が「民主化」に向かう時期のスペインを強く想起させる。“Atado, bien atado.”――縛られた上にもよく縛られた体制移行――とは一九六九年末、自らの後継者にブルボン王家の嫡子ファン・カルロスを指名した総統その人の言である。フランコ死すともその統治・権力機構は生き続け、そう易々と何もかも明け渡すつもりはない。スペインとチリ、フランコとピノチェトの相似関係を知る者に Atados. は重く不気味に響く。

第一幕第一場はほぼ丸々「夫婦の会話」に終始する。その生々しさが訳者の出鼻を挫いたことは既に述べた。英語版においても、あるいはポランスキー版においても、この夫婦は離婚寸前ではないかと心配になるとげとげしさを抱えるが、険悪さに加えスペイン語の会話は性的あてこすりに満ち、二人の応酬を追うだに息苦しさに襲われる。日本語の制約から「道具」なる無粋な漢字を当てた原語はgata《ガタ》。中米からアンデス諸国にかけジャッキを指すのに使われるが、第一義的には猫gato《ガト》の女性形つまり雌猫を意味する。夫に向かってジャッキ(14)の話をすると見せかけつつ「あなたの雌猫」とからかってみせる妻はまだかわいい。帰宅するなり夫が妻に繰り出す機嫌取りの名辞は、後ろめたさも手伝って猫なで声をたっぷり含む。猫なで声には猫らしく応じなければ。

だが話題がパンクに移ると事は一変する。夫の車がパンクするのは（観客にとっても）表向きこの舞台に三人目を引きずり込む動機として必須要件だが、この夫婦にとりパンクとは、性拷問を受け破裂させられた妻の子宮の暗喩に他ならない。タイヤに突き刺さる太々としたふてぶてしい釘。パンク修理をめぐるやり取りは、単にタイヤを「元通りにすること」を越え、妻の破裂した子宮を「元通りにできる」のか、性拷問の執行者さらには拷問をふるう軍政と国家権力とを「治す」ことができるのか、もはやそれは

「と・り・か・え・し・の・つ・か・な・い」過去＝現在ではないのか、そう暗に迫る妻に対し二重に答をはぐらかす夫とのすれ違いを描き出している。優雅に夕べリに集う善男善女であればこの場面でいたたまれなくなり、劇場を後にしかねない。

初演前後のチリ社会に本作がいよいよ生々しさを掻き立てるのは、英語では単に性的含意のみに留まる「種馬《スタッド》」と改名された拷問者（一一六頁）の影であった。

エル・ファンタは実在する。本名ミゲル・エスタイ＝レイノ。

ファンタと聞いて日本で思い浮かぶのはオレンジ色の清涼飲料水。チリでも事情は似たり寄ったりなのか、一九四〇年代には赤毛の主の仇名に使われた例がある(15)。由来を問う訳者にドルフマンの答は「あまり考えたくないが、拷問にファンタの壜を使ったのでは」。チリ現地では、十代の頃フランスの小説『ファントマ』を愛読していた当人がヒーローの名を転用した、との説が流れる(16)。

ミゲル・リティンが一か八かの潜入に挑んだ一九八五年、戒厳令下チリ。秋へと向かう三月末マヌエル・ゲレロ、ホセ・マヌエル・パラダら共産党員三名が拉致され、二日後、首都郊外プダウエル空港近くの街道沿いに首を掻き切られた死体となって発見された。ゲレロは七六年六月に拉致・拷問された経験を有しスウェーデンに亡命、八二年に帰国し教員組合の先頭に立っていた。パラダはクーデタ後チリ国内で表立って活動できる数少ない人権侵害通報・相談窓口となっていたカトリック教会司教代理連帯事務所(Vicaría de la Solidaridad)の調査員。拉致後間もなく弁護士が首都第六区地区裁判所に告発状を提出、三名とも警察署に拘束されているとの報を得て人身保護を訴えるも判事は取り合わなかった。(17) あまりにグロテスクな事件は世論を震撼させ、治安警察隊傘下の諜報部が実行部隊と知れると、ピノチェト率いる軍事評議会の一員であったカラビネロス総司令官セサル・メンドサを辞職に追い込むまでの反響を惹起した。にもかかわらず、三権のうち唯一その存在を軍政に早々と認められ、長官の名を以てピノチェトに大統領帯章を授けた最高裁は調査を差し止めた。民政移管後の再調査の結果、九四〜九五年にかけ文民エル・ファンタら秘密警察DINAの要員三名を含む五名に終身刑が下った。

エル・ファンタの経歴はある意味『死と乙女』のドラマを上回る。チリ現地の報道によれば、(18) 彼自身がコミュニストの両親を持ち、一九六九年十七歳で共産党青年部に加盟。持ち前の護身術を買われ幹部党員の護衛としてゲレロに付き添い、その家族ともよく接触していた。ところがクーデタ後の七五年、同志の裏切りにより空軍諜報部に拘束され、拷問を受けて軍およびカラビネロスの協力者へと転向する。八〇年代半ばには軍政支持者へと一八〇度宗旨替えしてもいた。首掻き死体事件発覚後はパラグアイに身を隠すが、かつての同志ばかりか自らの肉親までをも「売った」容疑でいずれ告発される。

七六年の初回拘束時ゲレロは既にエル・ファンタの声を拷問のその場に聞き分けていた。二〇〇七年、ゲレロの息子は少年時代の自分にとって「家族同然だった」男が二度に亙って父を裏切り、父への拷問の場に立ち会い、あるいは手を下したことに奇妙な感慨を覚え、強い拒絶感と同時に父の最期を見届けた人物を改めて知りたいとの思い相半ばし、獄中のエル・ファンタとの面会を希望した。面会は結局成立せず、五つ星刑務所と揶揄されるプンタ・ペウコに余生を過ごす囚人は二〇二一年九月コロナ・ウイルスに罹患し落命。不思議なことに、首掻き死体事件の罪を問われた他の無期囚は次々釈放され、二〇一七年以降はエル・ファンタのみが獄中にあった。

パウリナはジレンマと格闘する。死者はもはや語れない。語れる自分は聞いてはもらえない。クーデタの突きつけた問いは、国を出るべきか、残って抵抗すべきか(『南』第九章)。だが軍政下には別のジレンマも立ちはだかる。生還すべきか、否か。まず第一に、なにゆえ彼や彼女は行方不明のままとなり(あるいは「戦死」したことにされ)、なにゆえ自分は生き残ったのか。それだけではない。当局に拉致されながら下手に生還すれば、仲間を売ったせいだと疑われないか。同志を売るまいと、警察に拘束されて間もなく自ら命を絶った者もあるという(19)。物理的弾圧そのものより何倍も恐ろしいのは、エル・ファンタの如く同志を裏切り軍政に加担する者がそこここに培養され、他人を信じられなくなる日々である。それは常に敵味方が不動かつ一目瞭然にして、内通者も二重スパイも仕込まれるはずのない、そんな牧歌的な世界では、ない。

作劇上やむを得ぬ展開だが、実のところ、放免されてのちすぐにヘラルドの許を訪れるパウリナの行動は模範的とは言いかねる。拷問者たちはパウリナを泳がせる戦術に出たのかもしれない。あれだけの拷問に耐え口を割らなかったのに、その相手の懐へたちどころに駆け寄っては拷問者たちの思う壺では？　両親が軍に近かったから二ヵ月後とはいえパウリナは放免されたのか？　拷問から生還できたのは、もしや仲間を売り内通者となる取引に応じたからでは、そう同志から疑われはしないか？

拷問というすさまじい心身への苦痛、男女構わず加えられる性拷問の傷はそれだけで測り知れないが、権力丸抱えの恐怖政治の下ひとたび拷問に晒された魂は、死なずに済んだからといって屈託なく友の、家族の、恋人の許へもはや戻れはしない。

一九九一年チリ初演時エル・ファンタはパラグアイ潜伏中だったが、モニカ・ゴンサレスらジャーナリストたちの果敢な調査報道は「エル・ファンタ」の顔を既に八六年九月チリ誌『カウセ』の表紙に堂々と掲げていた。拷問者として裏切り者として世に流布したその名を、敢えて舞台上に聞きたいと思う観客は果たしてどれほどいただろうか。

## Ⅳ

ここで本作が一気に結実する触媒となったレティグ委員会(正式名・真実と和解のための国家委員会)に目を移そう。日本においてはプリシラ・B・ヘイナーの労作『語りえぬ真実——真実委員会の挑戦』(平凡社、二〇〇六年)翻訳刊行を機に真実(真相糾明)委員会の存在、とりわけ南アフリカの例が広く知られるに至った。何より人種差別を国是としたアパルトヘイト体制の終焉、長期囚ネルソン・マンデラの名誉回復と大統領就任とを経て、潜在的経済大国が旧体制をどう清算するかのメカニズムが注目されるのは当然にして、南アが準英語圏であることも注目を容易にしたことだろう(「名誉白人」の過去=現在への省察の機運は決して生まれなかったが)。『死と乙女』はヨハネスブルグのマーケット・シアターにて一九九二年南ア初演を果たし、ナディン・ゴーディマらと親しいドルフマン個人も南アの真実和解委員会には協力を惜しまなかった。

ラテンアメリカでは幾つもの「委員会」がこれに先行していた。委員会が内戦終結への道標と位置づけられた中米を別とし、純粋に体制転換後の新政権が設置した例として最も重要なのはアルゼンチンのCONADEP（強制失踪調査のための国家委員会、一九八三―八四年）である。その報告書に用いられた題名*Nunca Más*《ヌンカ・マス》（二度と再び）は以後ラテンアメリカ各地で合言葉として繰り返し浮上する。

私見によればアルゼンチンは「和解」reconciliación の語をきっぱりと排した。裁きなくして赦しはあり得ず、「和解」は権力犯罪を不問に付す。二〇二二年ヴェネツィア国際映画祭で批評家賞を得た「アルゼンチン　1985」が再現する画期的な裁判――軍事評議会裁判――を達成したのちでさえ、人権団体の集会や街頭行動の場では今もって「和解は要らない」と大書されたプラカードや横断幕が躍る。裁判の成果を再三反故にされるとはいえマルビナス戦争で軍がすっかり面子を失い民政への流れを止められなくなったアルゼンチンと、片や「縛られた」チリとの違いは、委員会名にこの語が含まれているかどうかに端的に示されている。

「和解」の語を忌避したい層には委員長の名を冠する通称「レティグ委員会」は幾分

か慰めとなっただろうか。小学校教員から弁護士に転じ、フランス‐スペインに呼応するチリ人民戦線内閣(一九三八―四二)の一翼を担った根本党《ラディカル》のベテラン政治家ラウル・レティグ(一九〇九―二〇〇〇)は上院議員時代の一九五二年、鉱山労働者の賃金法制をめぐり上院で意見を異にしたアジェンデとチリ史上「最後の決闘」に臨んだ逸話の主である。ポランスキー版「死と処女」は少壮のヘラルドを委員長に据えたが、戯曲上はあくまで委員のひとり(しかも最年少)であることに留意されたい。

委員長を除く八名の顔ぶれはエイルウイン政権与野党両勢力間でほぼ折半され、中でも人権派弁護士として亡命を経験した司教代理連帯事務所顧問のホセ(ペペ)・サラケ＝ダヘル、軍政期に教育大臣を務めた法律家ゴンサロ・ビアルの両人が重鎮として委員会の権威を守った(20)。ドルフマンはレティグ委員会のことを「ペペの委員会」と呼んでおり、ヘラルドを弁護士たらしめる着想は、抵抗運動をともに担い任命当時ほぼ最年少委員だった同い年の盟友サラケ(一九四二―二〇二〇)から得られたとみて間違いない。アムネスティ・インターナショナル理事として国外にも知られたサラケはひとたびレティグ委員会の構成員となるや、公設委員会は政府の道義的責任を追及することはできても法的権能のない委員会が安易に「加害者」を名指しするのは法的手続きを経ぬまま疑わしきを

罰するに等しいと説き、「加害者」名の公表には著しく抑制的な立場を取った。(21)

大統領令により九〇年四月末に発足、六月から調査に入り、九ヵ月後の九一年二月初頭レティグ委員会は大統領に報告書を提出した。三月四日エイルウインは全国一斉テレビ放送を通じ報告書を公表するとともに、チリ国家として人権侵害の責任を認め、「チリの誉れであり国民が常に称賛してきた軍ならばこそ協力されよ」と軍部に呼びかけた。報告書は推認を含む死亡事例二二七九件を認定、戯曲がなぞる通り調査対象は死亡事例に限られていた。しかしレティグ委員会は隣国の先例CONADEPより遥かに綿密かつ詳細に各事例を記録し、医師多数が拷問の証拠隠蔽に手を貸していた事実を明らかにしている。(22)また報告書は軍政への司法の加担、中でも最高裁の無策を指弾、最高裁はこれに反撃し「報告書は偏向しており司法への越権行為に当たる」との声明を発する。(23)翌九二年上下両院は修復和解法を成立させ、遺族への補償を認めた。

レティグ報告書から十年余、二〇〇三年八月パウリナの叫びは遂に手応えを得る。民政三代目のラゴス大統領が「政治的拘禁および拷問に関する国家委員会」の設立を告知、拷問被害の調査に着手した。新たな委員会を率いるのはシリア生まれの父を持つセルヒオ・バレチ神父(一九二七―二〇一〇)。不動産業で成功した一族の財を担保に司教代理連帯事務所を支え、時に軍事法廷とも対決した司教だった。(24) ○四年の第一期バレチ報告書は拘禁・拷問被害者として未成年者一〇二名を含む二万七二五五名を認定、一一年の第二期報告書は拷問被害者九七九五名、強制失踪・超法規的処刑三〇件を補綴した。

バレチ委員会は公道での抗議活動や個人を特定しない軍の掃討作戦に起因する不当拘禁を対象としない。レティグ委員会と同様、法的権限はなく、被害者名を除く調査記録の核心部分は五十年間機密とされる。それでも、軍政下の拷問は想像以上に蔓延していたこと、三三九九名を数える女性の証言者のほとんどが性拷問を受けていたこと、手段としての拷問は反軍政勢力の情報を引き出すばかりでなく人々の間に恐怖を植えつけ萎縮させ、テロルの支配をもって抵抗の芽を摘む目的のあったことなどが記録された。(25) 両委員会の調査から、拷問被害者にさらに他者への拷問を強いる二重拷問、親しい知人が拷問者であることを察知したため殺害されたと覚しき例など、エル・ファンタに通ずる事例すら判明している。エル・ファンタその人も第二次バレチ報告書に拷問被害者九七九五名のひとりとして認定されたことを付け加えておく。(26)

両委員会の報告書は総計二千五百頁に上り、現在は「チリの記憶」memoriachilenaおよび国立人権庁ＩＮＤＨのサイト上で全文閲覧可能。加えて軍政期から活動する数多の人権団体、家族会、労働組合や政党外郭組織、内外の連帯グループなどにより、半世紀に及ぶ苦難の全体像を摑むことはおよそ誰にとっても至難の業と言えるほど厖大な資料・証言集が蓄積されてきた。『死と乙女』をテーマとする、あるいは本作に触発された学術論文や評論も英語・スペイン語では枚挙に暇がない。マーサ・ミノウの『復讐と赦しのあいだ』も『死と乙女』に言及する。ただ哀しくも、文献にせよ映像資料にせよ日本語では著しく限られるせいか、時に見当違いの善意の主から「なぜチリでは同じチリ人を平気で拷問できたのか」などとあたかもチリが「異常」であるかの寒々しい問いかけがなされる。ヨーロッパで異端審問こと拷問の嵐が吹き荒れるころ、抱き石や踏絵を強いた東洋の群島。ありふれた日常語として「踏絵」を流通させている現実に、日本語使用者は戦慄すべきだろう。[27]

『死と乙女』はドルフマンから移行期チリへの贈りものとして誕生した。パトリシオ・グスマン監督「チリの闘い」は変革に挑むチリ三年間の貴重な記録映画だが、クーデタ以来五十年に及ぶさらに果敢な「チリの闘い」は、恐怖の名の下にどれだけ残虐な行為であろうと平気で手を染められる人類《われわれ》への痛切なる贈りもの、そう以て銘したい。

# V

レティグとバレチ、両委員会の間にあったものは何か。『死と乙女』が(もしやミランダのように)手足を縛られた民政移管とレティグ委員会との重大な不備を衝き、生還した拷問体験者に証言の場を与え舞台上に先取りしてみせたからこそ、バレチ委員会への道が開けたのだ——そう胸を張れれば生みの親ならずともやんやと喝采したいところだが、歴史の女神は別の算段を用意していた。本書に付した略年表が一九三六年七月十八日から始まるのには訳がある。既に触れたチリとスペイン、ピノチェトとフランコの二重映しとなった軍政の忘れものが、二十世紀末ぎりぎりになって、しかもクーデタから四半世紀という歳月を胸にドルフマンがその半生記『南』を上梓した直後、思いがけなくも当然の形を採って「現在」に介入してみせたのである。

一九九八年十月十六日、アウグスト・ピノチェト゠ウガルテ終身上院議員はマーガレット・サッチャー往訪と加療を兼ねロンドンに逗留中、ジェノサイド、拷問その他人類に対する罪、とりわけスペイン国籍保有者への人権侵害を問われ、身柄拘束とスペインへの引渡し要請に直面したのだった。

「外圧」が働いたのは何も初めてではなかった。レテリエル爆殺事件のみは、米国領内はおろかワシントンDCの心臓部において発生し——NYツインタワー事件より二十五年も早い——米国市民をも巻き添えにしたお蔭で実行犯の亡命キューバ人とチリ秘密警察DINAとの関係へと七八年FBIの捜査が一挙に進み、慌てたピノチェトは軍人ばかりの内閣を軍民半ばするそれへと軟化させ、DINAを改組、と同時に急ぎ恩赦法を成立させ軍組織の保身を図った。DINA長官マヌエル・コントレラスは不運だった。もう一年ばかりFBIが捜査に手間取っていれば米国はカーターからレーガンへと方針を転換、事態はだいぶ和らいでいたことだろう。

あるいは民政二期目、司法改革を掲げるフレイ政権下の一九九九年、最高裁の腐敗を告発したがため発禁処分に遭った『チリ司法黒書』の著者アレハンドラ・マトゥスは書く。エイルウイン政権が「法の支配」を確立できるよう米国は確かに民政を支援した、だがそれは投資家たちが安心して資本を動かせる安定した法制度を望んだからだ[28]、と。

蛇足ながらニクソン-キッシンジャー体制の米国はアジェンデ当選が確実となった一九七〇年九月以降、人民連合政権を掘り崩すべくあらゆる破壊工作を陰に陽に進めていた史実――米国上院チャーチ委員会による検証済み――を思い出しておこう。目下百歳の長寿を更新中のキッシンジャーはもはや古典となったコスタ＝ガブラス監督「ミッシング」が描く米国人記者拉致殺害事件の責を問われ、二〇〇二年チリの法廷に出頭を求められた。これに応じなかった当人は万が一チリへ入国すると逮捕される可能性がある。チリ領内では神聖ニシテ侵スベカラズ、誰にも決して手の出せない存在でありながらもちろん死ぬまで免責特権を行使すべく終身上院議員の椅子を自らにあつらえた将軍。その男に、たとえ一時的といえど、囚われの不自由を味わわせられようとは。マドリード－サンティアゴ－ロンドン間の綱引きはドルフマンの目に、パウリナ－ミランダ－ヘラルドの密室劇が突如四方の壁を崩し、地球大の野外劇の舞台に躍り出たかと映っただろう。一九九七年までに世界八十九ヵ国で上演された(29)『死と乙女』なりポランスキー版の上映なりに接した観客たちも、拡張現実に我が目を疑ったに違いない。身柄引渡しの複雑な審理は刻々と揺れ、行きつ戻りつ、引渡し賛成派も反対派も将軍が結局無事サンティアゴへ帰り着くまでの一年半、息を呑み続けた。遅ればせの、だがやっとあと一歩まで近づいた裁きを望む者たちの一喜一憂がドルフマン自身の日録《クロニカ》に拾われている。(30)

……これこそ人類に対するチリからの贈り物、つまり我々に寄せられたあれほどの連帯にお返しをするひとつの手だて……

……我らが独裁者こそ、種としての人類と国際法の新しい形態を模索する人類の手探りの作業とに、この測り知れない、一足飛びの前進をお膳立てしたのだ……

訳者も当時スペイン紙上に報道を追ったが、チリ国内には亡霊が姿を現わしたかに見えた。クーデタから二十五年、民政移管から政権二期九年目に至っても、依然ピノチェトを英雄視する熱烈な支持者たちが今やサマリア人の仮面を脱ぎ捨て街頭に繰り出していた。世論調査のたびほぼいつも回答者の三分の一は将軍擁護の姿勢を貫く。ピノチェトの名を戴く財団(FP)を先頭に、軍政のフロント政党・独立民主連合(UDI)、ピノチェトの甥が「救援」を掲げて名乗りを上げたピノチェト派統一行動(APU)などがチリ政府に圧力をかけようとたびたび街頭デモを組織し、身柄引渡し賛成派といがみ合う姿が報じられた。FPとUDIはロンドン滞在長引く英雄の生活費と裁判費用を賄うべく寄付集めにも乗り出し、前者は五ヵ月で三二〇万米ドルを集めたという(31)。

旧宗主国スペインによるチリの主権の侵害だ、時代錯誤の帝国主義的振舞いだ、などと「ピノチェト命」派は訴追の先頭に立つスペイン高等刑事裁判所判事バルタサル・ガルソンを非難した。その彼らは旧宗主国に多大の借りを負っている。七五年十一月ピノチェトはフランコの葬儀に列席、外交デビューを果たすのみならずフランコの後継者たる自己像を世界に強く印象づけた。UDI創設者ハイメ・グスマンは十代半ばからフランコの思想と行動に傾倒してきたことで知られる(32)。

ガルソン判事の執務室にはかねてチリ－アルゼンチン両軍政の犠牲となったスペイン系市民に関する裁判資料が山積していた。七百名近い犠牲者のうちにはスペイン内戦を逃れ旧植民地に新天地を求めた共和国派、フランコ体制下に身の危険を感じ国外へ脱出した反体制派、その子や孫の世代が相当数含まれている。チリのケースでは国連職員カルメロ・ソリア、アジェンデの側近として内相そして国防相を歴任したホセ・トアの名がよく知られている。親友フェデリコ・ガルシア＝ロルカの死にせき立てられたパブロ・ネルーダは根本党出身のペドロ・アギレ＝セルダ大統領に掛け合い共和国派救出用の船を仕立て、一九三九年九月バルパライソ《バルパライソ》港に難民たちを出迎えたのが若き保健大臣サルバドル・アジェンデだった。このとき天国の谷に降り立ったある夫婦のプンタ・アレナス生まれの息子が長じてピノチェトの文民内相第一号(33)に抜擢され、恩赦法の立役者となるのは皮肉だが。植民地の過去は言語と歴史と何より生身の人間を通じて現在へと流れ込んでおり、そ知らぬふりを続ける方が無理だった。

　エミリオ・シルバという名のスペイン人青年が身柄引渡し騒動渦中の経験を手記に綴っている。彼はアルゼンチンの日刊紙『ラ・ナシオン』からインタビューを受けた。チリとアルゼンチンの行方不明者を捜索すべく大変な反響を呼んだ司法手続きに着手した判事の、その当の国では、フランコ派の叛乱以来、家族さえ安否も何も知らされぬままの男女が数千数万いるにもかかわらず、その周囲を鋼鉄の沈黙が取り巻いている——取材後の記事はそう始まっていた。フランコ派に連れ去られた祖父の遺体を探すエミリオは旧植民地の現実に尻を叩かれ、旧宗主国の不遜さを逆手に取り、内戦終結から六十年以上、フランコの死からも四半世紀が経てなお行方不明のままの死者たちを文字通り掘り起こす活動に立ち上がった。そして内戦勃発七十周年の翌二〇〇七年、スペインではフランコ体制の犠牲者の名誉回復を図る「歴史的記憶の法」が難産の末に採択される。採択に至る法律家・政治家・歴史家の激論の道筋に、ピノチェト逮捕が引き起こしたブーメラン効果は明白だった(34)。戯れにドルフマンの言葉を真似れば、それはチリからスペインへの、旧植民地から旧宗主国への、贈りものと呼ぶにふさわしい。

宙吊りの将軍を遠く望み、チリ国内では国防相が音頭を取り九九年八月から軍と人権派弁護士たちとの「対話の場《メサ》」が設けられた。翌年六月漸く軍はレティグ報告書を受け入れ組織内の調査にも乗り出すことを約す。二〇〇一年一月軍は知れる限りの行方不明者に関する内部調査書をラゴス大統領に提出するが、二百名というあまりの数の少なさ、またDINAの行状に一切触れていないことから家族会は猛反発した。[35] 片やもはや不可侵のベールは剝がれ、チリの主権を楯とする勢力は将軍を裁く必要があるならその能力はチリ司法に充分備わっていると主張せざるを得なかったことも手伝い、帰国後の猫の首に鈴をつけようと試みる判事も現われた。現実には終身上院議員の免責特権を挟み最高裁と控訴院との間で果てしなくキャッチボールが続くばかりだった。

## VI

軍の報告書が発表されて程なく、ピノチェト逮捕以来いよいよ不満を募らせていた拷問被害者たちが自前の新たな組織[36]「反拷問・倫理委員会」に結集、軍政下の拷問を正式に調査するよう政府に要求した。かくしてラゴス政権下、バレチ委員会が発足する。

『死と乙女』は三人の物語である。二対一の構図が三通りでき上がる最少にして最強の布陣。冒頭の「夫婦の会話」は例外だが、その後は男二人vs.パウリナ、ミランダvs.パウリナ—ヘラルド……と構図が巧みに移ろう。加えてこの三角関係は往時のチリ政治を象徴する。一九七〇年大統領選の得票率はアジェンデ三六パーセント強、伝統保守エリートを代表するアレッサンドリ三五パーセント、キリスト教民主党(PDC)トミッチが二八パーセントとほぼ三分されていた。国会議員による決選投票ではトミッチがアジェンデ支持に回り人民連合政権を誕生させたが、左右の中間に立つPDCがどちらに傾くかでチリ政治は大きく振れてきた。事実、エイルウインを含むPDCの大勢はクーデタを支持し同党の思惑とは裏腹に軍政の長期化を招いた。常に三割を占める頑迷な軍政支持層の存在はピノチェト逮捕時にも露わになった。

ちなみに半世紀前のチリは全人口約九百万、有権者数三百五十万強にすぎない小さな社会であった(二〇二一年大統領選時の有権者数は千五百万を越えた)。「友だちでなければ兄弟姉妹の配偶者ばかり(37)」という互いに顔のわかる小さな社会。その密室に似た社会に加害者と被害者は同居する。ミランダの台詞「この国にあっては何でも、最終的には人の知るところとなりますよ」(三三頁)はその意味でもそれらしく響く。「我がチリ」

「自分自身の国」といった他者にはおそらく何気なく見えるあとがきの言い回しが作家本人にどれほどの別離と彷徨と選択を強いた言葉であるか、それが数字からも幾分か伝わるのではなかろうか。

ここでチリ版あとがきに登場するテロル terror の語に目を向けたい。本人は注意深く一般名詞を用いているが、ラテンアメリカの文脈でテロルとは真っ先に「国家テロリズム」terrorismo de Estado を引き寄せる語彙であり、戯曲誕生以来今日までラテンアメリカでこの舞台に接する観客たちの多くはテロルの主体としてまず国家を思い浮かべる。軍・警察＝国家権力の弾圧はもちろんのこと、それは単なる物理的暴力を越え、ひとりチリ司法のみに留まらず、国家権力の横暴を黙って、あるいは喜んで見ている国家権力の不作為もまた、テロルの名に値する。

『死と乙女』はミランダの罪状を軸に緊張を持続させ、そのサスペンス色は観客を虜にし、世界的成功を支えた。そして作品の底には暴力の連鎖あるいは復讐を止めるには、との問いがあるとひとまず衆目は一致する。連鎖。そうだろうか。登場人物はパウリナとミランダの姿をとっていても、本作は個人と個人、被害者私人と加害者私人の対決を俎上に載せているわけではない。ヘラルドが危うげに体現するいわゆる法治主義をも見下ろす隠れた全能者、権力という名のテロルを忘れてはなるまい。稀に権力を握る者の顔が入れ換わっても権力者の行状はほぼ常に不問に付される。永続するそのありようは〝連鎖〟と呼び得るものだろうか。〝連鎖〟の語にうっかり攻守主客入れ換わると我々は錯覚しているのではないか。連鎖どころか権力犯罪は有史以来一貫して「法の下の平等」テーゼを鼻で笑う。

本作から最も意義深い台詞を挙げるとしたら、訳者はパウリナの「なぜいつだって私たちなの?」(一三一頁)を選びたい。なぜいつだって私たち、権力を持たぬ者、権力から疎外される者が、いつだって犠牲になるのか。ただ、男二人に比べれば権力から相対的には遠いパウリナも客観的に見るとチリ社会の周縁に位置するとは言い難い。「なぜいつだって私たちなの?」――この台詞を叫ぶべき登場人物は本来ほかにいる。書き手も心に期すところだが、おそらくひとつの作品に何もかも盛り込むことはできなかった。『南』第一章の最後に吐露される無力感とその拠って来たるところはハロルド・ピンター作品「山の言葉」にも相通ずる『谷間の女たち』の行間に、サスペンスとは別の静謐な緊張を湛えて潜んでいる。

クーデタから半世紀、民政移管から三十年余を過ぎ、近年は改定を加えられつつも依然一九八〇年軍政憲法の下にあるチリは、ここ十年ほど新憲法制定を試みている。ボリッチ現大統領はアジェンデの就任式に意識的に似せた自らの就任式を挙行し「チリの記憶」を尊重する姿勢を見せてはいるが、これもアジェンデ期に似てか支持層は決して広汎とは言い難く、新憲法草案は国民投票で否決される憂目に遭った。それ以上に重い課題は、民政移管後も、むろん軍政下にも、人民連合政権期にも、否、チリ国家独立以来、根源を問えば一四九二年以来、白い人《ウインカ》支配への抵抗反発を緩めないマプチェの民との「対話」である。「なぜいつだって私たちなの?」——この台詞は南北四千三百キロに渡る細長いチリの、最深最南の地から執拗に発せられている。ドルフマンに無力感を与えたのは南から大統領府を訪ねてきた女性だった。民政移管後もマプチェの活動家たちはしばしば「テロリスト」として、法衣をまとう国家の手により投獄され続ける。

あまりに重い課題を一政権のみに負わせるのは酷である。しかしボリッチが就任早々「対話」へと送り出した腹心の内相は南から石もて追い返された。その失策のみをみても前途は多難、しかも内相更迭ののち治安の悪化を理由に今般治安警察隊《カラビネロス》の「正当防衛」権を拡大するナイン-レタマル法が制定され、再び人権団体の懸念を高めている。合法的に暴力を独占する国家は市民を前に抑制的であるべきなのにもかかわらず、これでは国家権力の側から暴力の連鎖を助長する危険はないか。二〇一九年十月十八日を機に全国で燃えさかった不満の表出を鎮圧すると称して、カラビネロスの放ったゴム弾が三百名ともいわれる若者を失明へと追いやった[38]。わざわざ世界を見渡さずとも『死と乙女』の出番は、残念ながら、絶えそうにない。

さてミランダの罪状如何に加え本作の緊迫感をいや増すのは、パウリナがミランダに手を下したのかどうか判じ難い切り返しの効果である。結末の処理には議論があり、白黒つけたいと望む英米初演の演出家たちを前に、生みの親はあくまでオープンエンドを守った。もっともその議論の反映か、英語版とスペイン語版の最終場面ト書きには微妙な差が生じている。英語原文によればミランダは「本物《リアル》かもしれず、パウリナの頭の中の幻影《イリュージョン》かもしれず」ぼんやりした月光《ファンタスマゴリック》めいた光を受け再登場する(頭の中の幻影をいったい舞台上でどう「幻影」に見せるのか、これはこれで演出家泣かせと言えよう)。かといって幻影がハムレット劇の亡霊を意味するとは限らず、ミランダが生きていてさえ、あるいは生きていればこそパウリナを依然苛む強迫観念の、それは実像とも読める。「本物かどうか」がミランダの生死に直結するとは言えない。

スペイン語原典にこの、「本物かもしれず幻影かもしれず」の一文は存在しない。ミランダは何やら判じ難い光を浴びて登場するのみである。穿って見るならば、パウリナの背後に控える何万という拷問被害者は何もひたすら拷問者の死を望むわけではない。裁きにかけたいのであって、法廷へ引き出すためには死なれては困る。二〇〇六年ピノチェトが刑罰を一切すり抜けあの世へ逃亡したとき条件反射としてはその死を祝った者たちも、本当は法廷で咎に窮し獄に生きて繋がれる姿を見たかったはずなのである。生死判然としないミランダの姿に、委員会ではなく本来あるべき裁きへの、一縷の可能性を今なら読み取ってはどうだろうか。あるいは、拷問被害者がたとえ生還しようと二度と無垢なる生に戻れぬが如く、拷問者もまた悪業の露見に脅えつつ生きる生きながらの死人、地に足の着かない存在と化す可能性が込められているやもしれない。己れの邪悪さに蓋する者は、人としてもはや生を全うできない。

　真相真相、切羽詰まったミランダの口からこぼれる「ああ、パウリナ……」に訳者は胸を射抜かれる。彼が彼女を遂にその名で呼ぶ衝動こそすべてを物語ってはいないだろうか。本作は単なる人違いドラマだったとしてもおそらく観客を惹きつける。サスペンスこそ普遍性への道かもしれない。しかしあくまでラテンアメリカから発想したい者の目に本作は人違いドラマとはどうしても見えないのである。

翻ってポランスキー版は映画ならではの仕掛けを駆使し、ミランダ放免の場面を野外に明示するので観客に生死の解釈が委ねられることはない。それ以上に戯曲と映画の決定的な違いと言えるのは最終場面における三者の相互認知の差である。ポランスキー版では最後の最後、ヘラルドがミランダに気付き、いかにも不快そうな視線を送る。戯曲では、パウリナとミランダはお互いに見交わすも、ヘラルドはひとり別世界にいる。その直前の社交の場にあって戯曲冒頭に立ち戻るかの如く夫は妻のピスコサワーを自慢する。三角関係はここでパウリナ＝ミランダvs.ヘラルドの構図へ飛ぶ。人間の悪意の底をともども覗き込んでしまった二人は被害者と加害者、加害者と被害者なのにもかかわらず地獄を見たことで同志になる――そう解しては危険すぎるだろうか。『死と乙女』は人間性というものの不気味な裏の裏、そのまた奥にまで我々を連れ去ってゆく。

クーデタから五十年、レティグはもちろんドルフマンの「魂を分けた兄弟」ペペも含め、あの委員会を構成した面々はあらかた鬼籍に入った。アジェンデは享年六十五、何と若くして死んだのかと愕然とする。だが五十年前のあの死は軍事評議会の発表通り本当に自殺だったのか？　公式発表に抗し他殺説がこれまでも何度か浮上してきた。同志大統領と呼ばれたあの人は最後まで闘って敵の弾に斃れるはずではないのか？　アジェンデ自殺説はまた、その娘ベアトリスやアジェンデ自身の妹ラウラの自殺を誘発したのではないか？　常に死と背中合わせに生きてきたという意味ではドルフマンの人生そのものがファンタスマゴリックの形容に見合うが、いよいよ死を強く意識する年齢に達した今、本人は「自己の芸術的集大成」となる小説『アジェンデと自殺博物館』の仕上げに忙しい。「五十周年」に向け英西両語により刊行の予定である。岩波文庫編集部を介し訳者に草稿が供され、『死と乙女』にもかなり言及があるところから、適宜これを参考にした。小説との断わり書きを尻目に新作はどこまでも回想録に近く、物語の契機はやはり実在の不確かな《ファンタスマゴリック》人物とスペイン内戦に回帰する。日本の読者にも届けたいと本人は切に希望している。

カバーにはチリの写真家エクトル・ロペスが一九八四年に撮った作品を拝借した。連行されたまま生死不明の父や兄、息子や友を念じ、蠟燭を供えて人々は夜を徹する。画面から漂う闇の冷気、まさしく生死不明な《ファンタスマゴリック》火のゆらめきは戯曲の結末とも呼応する。この一枚はＬＯＭ出版[39]が二〇一五年に刊行した写真集『内側からのチリ　一九八三〜八八』に収められている。民政移管とともに自主管理・自主経営を志して産声を上げ、以来チリの政治・歴史・経済そして文学文化に至るまでを網羅するこの独立系出版社に訳者は長らく助けられてきた。社名はチリの先住民ヤマナ（ヤガン）の言葉で太陽を意味する。チリの困難な行く手を書物という太陽をもって照らし続ける同社に心から敬意を表しつつ、小稿の幕を下ろしたい。

二〇二三年五月

（1）喜志哲雄『劇作家ハロルド・ピンター』研究社、二〇一〇年、三五二頁。
（2）堀朋平『〈フランツ・シューベルト〉の誕生——喪失と再生のオデュッセイ』法政大学出版局、二〇一六年、九—一二頁。
（3）Anita Ferrara, *Assessing the Longterm Impact of Truth Commissions: The Chilean Truth and Reconciliation Commission in Historical Perspective*, Routledge, 2015, p. 170.
（4）ベン・マッキンタイアー『エリーザベト・ニーチェ——ニーチェをナチに売り渡した女』白水社、一九九四年、一九九—二〇〇頁。
（5）喜志、四七七頁。
（6）“How Harold Pinter’s kindness saved my play”, *The Telegraph*, 2011.10.12.

(7) 喜志、三四三頁。

(8) D. Keith Peacock, *Harold Pinter and the New British Theatre*, Greenwood Press, 1997, p. 135.

(9) Michael Billington, *The Life and Work of Harold Pinter*, Faber and Faber, 1996 (1997), pp. 321–322.

(10) Omar Jurado y Juan Miguel Morales, *El Chile de Victor Jara*, Santiago, LOM Ediciones, 2003, p. 46.

(11) 同書にはチリ初演九一年三月十日、ロイヤルコート初演同年七月九日とあるが、他の資料や曜日のめぐりから、本稿ではそれぞれ三月一日、七月四日とした。

(12) "La historia del Tavelli", *El Mercurio*, 1993.1.29.

(13) "Behind the Sunglasses", *Index on Censorship*, Vol. 34, No. 1, Feb. 2005, pp. 67–71. エウヘニオの身の上はピノチェト逮捕に続く日々の評論をまとめた『ピノチェト将軍の信じがたく終わりなき裁判——もうひとつの9・11を凝視する』(現代企画室、二〇〇六年)に収められている(一八二—一九二頁)。

(14) ドルフマンの教示によれば英単語 jack の俗語用法にも性的含意がある。二〇一五年には米国ニュージャージー州の高校の必読文献リストから「十代の良俗に有害な『死と乙女』を除外せよ」と父母の一部が署名活動を始めるという椿事が起きた。

(15) John Dinges y Saul Landau, *Asesinato en Washington: El caso Letelier*, México, D. F., Lasser Press, 1982, p. 43.

(16) Andrea Insunza y Javier Ortega, "El Fanta antes de la traición", *CIPER*, 2014.11.4. なおエル・チャンタならば「当てにならないうぬぼれ男」といった意味になる。

(17) Alejandra Matus, *El libro negro de la justicia chilena*, Barcelona, Planeta, 2000, p. 49.

(18) Francisca Skoknic, "Miguel Estay, El Fanta: Las razones de un verdugo", *CIPER*, 2007.11.2.; "Preso y despreciado: la muerte de El Fanta", *Litoral Press*, 2021.9.6.

(19) Eduardo Martín de Pozuelo y Santiago Tarín, *España acusa*, Barcelona, Plaza y Janés, 1999, p. 41.

(20) Ferrara, pp. 36–38.

(21) Priscilla B. Hayner, *Unspeakable Truths: Transitional Justice and the Challenge of Truth Commissions*, 2nd. ed., Routledge, 2011, pp. 139–140.

(22) Ferrara, p. 41, 142.

(23) Matus, pp. 55–59.

(24) Matus, pp. 171–172.

(25) Ferrara, pp. 168–170, 189–190.
(26) INDH "Nómina de prisioneros políticos y torturados", p. 57. ほかに社会党の活動家だったが当局に拘束され拷問を受けたのち協力者に転じ、DINAの中堅幹部に取り立てられたルス・アルセ＝サンドバルも拷問被害者として同リストに含まれている。
(27) ナオミ・クラインのお蔭でチリはショック・ドクトリン適用第一号としてしばしば名指されるようにはなったが、その実態、特に人権状況への世界の関心は民政移管後むしろ下がっている。日本語で読めるものとしては吉田秀穂、大串和雄、浦部浩之、杉山知子らの仕事を参照されたい。
(28) Matus, pp. 63–65.
(29) LOM版表紙見返し。
(30) 「その日を待つ」『世界』岩波書店、一九九九年八月号、一六一頁。
(31) Eduardo Alfonso Rosales Herrera, *El juicio del Siglo: Augusto Pinochet frente al Derecho y la Política Internacional*, México, D. F., Plaza y Valdés, 2007, pp. 112–113.
(32) Renato Cristi, *El pensamiento político de Jaime Guzmán: Una biografía intelectual*, Santiago, LOM Ediciones, 2011, pp. 36–37.
(33) Diego Carcedo, *Neruda y el barco de la esperanza*, Madrid, Temas de Hoy, 2006, p.

302.

（34）拙稿「往還する記憶と責任――スペイン帝国の残照」、永原陽子編『「植民地責任」論――脱植民地化の比較史』青木書店、二〇〇九年、一二一頁。

（35）Ferrara, pp. 109–111.

（36）Ferrara, pp. 116–117.

（37）Martín de Pozuelo y Tarín, p. 132.

（38）黄色いベスト運動への警察の暴力を正面切って追及するフランス映画「暴力をめぐる対話」の制作陣は、後段に一瞬チリ当局者たちの会見を挟み込むという、あまりに賢明かつ皮肉な映像編集の冴えを発揮した。

（39）Susan Meiselas y Jorge Gronemeyer eds., *Chile desde adentro: 1983-88*, Santiago, LOM Ediciones, 2015. 一九九〇年にNortonから出版された英語原書のスペイン語版。ドルフマンも寄稿している。

# 略年表

| | |
|---|---|
| 1936. 7.18. | フランコ，植民地モロッコを拠点に本土への蜂起声明(スペイン内戦勃発) |
| 8.16. | ガルシア＝ロルカ連行されその後グラナダ郊外に銃殺さる(遺体不明) |
| 1939. 3. | ネルーダ，パリ領事着任 |
| 8. 4. | スペイン共和国派を乗せたウィニペグ号，仏ポーイヤック出帆 |
| 9. 3. | アジェンデ，バルパライソにウィニペグ号出迎え |
| 1942. 5. 6. | ドルフマン，ブエノス・アイレスに出生 |
| 1945. 2. | ドルフマン，ニューヨークへ渡る |
| 1954 | パラグアイ軍事クーデタ |
| | ドルフマン，サンティアゴへ |
| 1964 | ブラジル軍事クーデタ |
| 1968. 3. | ドルフマン，カリフォルニアへ留学 |
| | ドルフマン，ハロルド・ピンター論刊行 |
| 1969. 末 | ドルフマン，サンティアゴへ戻る |
| 1970. 9. 4. | アジェンデ，大統領選で首位に |
| 10.22. | シュネイデル将軍襲撃事件(25日死去) |
| 10.24. | 国会議員による決選投票．アジェンデを大統領に選出 |
| 11. 4. | アジェンデ人民連合政権発足 |
| 1971. 8. | 米 EXIM Bank，チリへの貸付拒否 |
| 10. | ネルーダ，ノーベル文学賞受賞 |
| 1972 | ドルフマン『ドナルド・ダックを読む』(共著)刊行 |
| 1973. 6.27. | ウルグアイ軍民クーデタ |

| | |
|---|---|
| 1973. 6.29. | チリ軍クーデタ未遂事件 |
| 9.11. | ピノチェトを首魁とする軍事クーデタ |
| 9.12. | チリ・スタジアムへビクトル・ハラ連行 |
| 9.23. | ネルーダ「病死」 |
| 12. | ドルフマン，アルゼンチンへ脱出 |
| 1974. 9.30. | ブエノス・アイレスにプラッツ将軍夫妻爆殺さる |
| 1975.10. 6. | ローマにレイトン夫妻暗殺未遂 |
| 11.20. | フランコ没 |
| 1976. 3.13. | アルベルト・バチェレ将軍「病死」，家族は東独へ |
| 3.24. | アルゼンチン軍事クーデタ |
| 9.21. | ワシントン D. C. にレテリエル爆殺さる |
| 1977. 1. | 米カーター政権発足 |
| 1978. 4.18. | 恩赦法成立 |
| 1980. 9.11. | 国民投票，軍政憲法を「承認」(1981.3.11 発効) |
| 1982. 1.22. | エドゥアルド・フレイ＝モンタルバ「病死」 |
| 1985. 3月末 | 首掻き死体事件 |
| 1986. 9. 7. | ピノチェト暗殺未遂事件 |
| 1987.11月初 | 舞台人 77 名に脅迫状 |
| 1988.10. 5. | 国民投票，ピノチェト大統領任期延長を否決 |
| 1989.12.14. | 民政移管総選挙 |
| 1990. 3.11. | エイルウイン政権発足 |
| 10月中旬 | アムネスティ主催コンサート |
| 11.30. | 『死と乙女』ロンドンでのリーディング公演 |
| 1991. 2. 8. | レティグ委員会，大統領に報告書提出 |
| 3. 1. | 『死と乙女』チリ初演 |
| 3. 4. | エイルウイン，全国一斉放送で演説 |
| 4. 1. | ハイメ・グスマン暗殺 |
| 7. 4. | 『死と乙女』ロンドン・ロイヤルコート劇場初演 |

| | |
|---|---|
| 1991.12.11. | エーリヒ・ホーネッカー夫妻，在モスクワ・チリ大使館に「亡命」 |
| 1992. 2. 8. | 修復和解法成立 |
| 3.17. | 『死と乙女』ブロードウエイ初演 |
| 1994. 3.11. | 『死と乙女』日本初演 |
| 12.23. | 映画版「死と処女」(ポランスキー監督)米国公開 |
| 1995 | フレイ大統領，ピノチェト長男の不正疑惑調査を差し止め |
| 1998.10.16. | ロンドンでピノチェト逮捕 |
| 1999. 7.17. | 『死と乙女』チリ再演 |
| 2000. 3. 3. | ピノチェト帰国，同年末より国内裁判開始 |
| 2001. 1. 5. | 軍，内部調査報告書提出 |
| 4. | サンティアゴの中高生による通学定期有効期間延長要求運動起こる(以後，軍政期より続く公教育予算削減，大学の私企業化，入試検定料高騰，奨学ローン負担などに反対する中高生・大学生のデモ・ピケ・抗議行動は毎年のように発生) |
| 2003.11. | バレチ委員会発足 |
| | このころからピノチェト本人・一族による隠し預金，不正蓄財，資金洗浄疑惑など報道本格化 |
| 2004.11.28. | ラゴス大統領，バレチ報告書公表 |
| 2006.12.10. | ピノチェト没 |
| 2019.10.18. | 首都地下鉄運賃値上げに端を発する街頭抗議行動，全国に拡大 |
| 2022. 3.11. | 学生運動から頭角を現わした当選時35歳のボリッチ，大統領就任 |
| 9. 4. | 国民投票，新憲法草案を否決 |
| 2023. 4. | ナイン－レタマル法成立 |